RENÉ CHANDELLE

MÁS ALLÁ DEL CÓDIGO DA VINCI

MÁS ALLÁ DEL CÓDIGO DA VINCI

©2004 René Chandelle
©2004 Editorial Lectorum, S.A.
de C.V., bajo acuerdo con
Ediciones Robin Book S.A.
ISBN 970-732-063-X
Diseño: Juan José Olivieri
Traductor: J. Silva Villar

EDICIONES ROBIN BOOK S.L.
Industria, 11 (Pol. Ind. Buvisa)
08329 Teià (Barcelona)
e-mail: info@robinbook.com
www.robinbook.com

EDITORIAL LECTORUM
Centeno 79, 09810,
México, D.F.
ventas@lectorum.com.mx
www.lectorum.com.mx

ÍNDICE

MÁS ALLÁ
DEL CÓDIGO
DA VINCI

INTRODUCCIÓN

INTRODUCCIÓN

De tiempo en tiempo aparece un libro que mueve algunos de los resortes de la sociedad. Puede tratarse de una ficción o de un ensayo, haber sido ser escrito por un autor o por un grupo, ser un éxito de ventas (los tan vapuleados "best-sellers") o, contrariamente, ser adquirido y leído sólo por un selecto y pequeño número de lectores. Las variantes al respecto, por supuesto, son muchas.

Pero lo cierto es que ese texto irrumpe y genera controversia, polémicas y debates; abre una discusión; es atacado por unos y defendido por otros.

Por supuesto, esa capacidad revulsiva no es patrimonio exclusivo de los libros. Puede suceder (y de hecho, sucede) con películas, piezas musicales, cuadros y obras de teatro, entre otras producciones culturales.

Se trata, en todos los casos, de obras que abren una brecha, una fisura en lo que la cultura de una época ya considera resuelto, cerrado, sin discusión, cristalizado. Textos que cuestionan lo que una sociedad consideraba hasta ese momento como una verdad indiscutible.

Y ese es el caso de *El código da Vinci*. De él, se ha dicho: "es una especie de thriller esotérico con ataques al catolicismo", "es un remiendo de ridículas y gastadas teorías esotéricas y gnósticas", "el odio al catolicismo impregna todo el libro". También se lo acusó de una visión feminista extrema y se señaló que el trabajo del autor era verosímil, pero deshonesto.

Alguien podría decir al respecto de tantas críticas "ladran, Sancho: señal que cabalgamos".

Pero, por supuesto, *El código da Vinci* no solamente ha recibido ladridos y críticas. También se lo ha descripto como "un inteligente thriller que, sin duda, puede recomendarse con rotundo entusiasmo", y se ha dicho de él que se basa en una investigación impecable. Y, lo que no es poca cosa, ha movido a buena parte de sus lectores a buscar más información acerca de los, sin duda, controvertidos temas que trata. También se han creado en Internet foros que debaten acerca de las cuestiones polémicas del libro. En ellos, algunos acuerdan con lo planteado por Dan Brown, otros lo hacen solamente a medias o con reticencia, mientras que un tercer grupo plantea diferencias. Pero, en suma: la gente, inquieta, ha decidido investigar y debatir. ¿Será eso lo que molesta, lo que genera múltiples ataques?

Ahora, concretamente ¿de qué habla *El código da Vinci* que ha generado tanto revuelo?

Más allá de la trama de la novela (un experto estadounidense en simbología, profesor de Harvard se encuentra en París dando una conferencia y tiene una cita acordada con un renombrado conservador del Louvre que, justamente, esa noche es asesinado...), son ciertas ideas acerca del cristianismo que aparecen en el relato las que han conmocionado a buena parte de la sociedad. Por supuesto, resulta imposible en una introducción como la presente dar cuenta de todas ellas, pero a modo de resumen podemos decir que la novela de Dan Brown sostiene lo siguiente: María Magdalena fue la esposa de Jesús; cuando éste fue crucificado Magdalena huyó a Francia escapando de la persecución; al hacerlo, estaba embarazada y en el país que le dio refugio parió a Sarah, hija suya y de Jesús; la descendencia continuó y dio origen a la dinastía merovingia; el Vaticano ha hecho y hace lo posible por ocultar esta verdad, pero los descendientes de Cristo tuvieron y tienen sus aliados, concretamente, los Templarios y el Priorato de Sión; este último, sociedad secreta con siglos de antigüedad, sigue actuando en los tiempos presentes y, entre sus objetivos, se encuentra el de restituir a los merovingios en el poder.

Estas son (entre otras) las ideas, la teoría que *El código da Vinci* sostiene, y que tanta conmoción e inquietud ha generado. Son también las premisas que sustentan este libro. Hay "otra historia", otra mirada sobre el devenir de la cristiandad que fue silenciada por el Vaticano y sus eventuales aliados en el poder.

Cada lector, tanto de *El código da Vinci* como de este libro, es libre de creer o no en los hechos que se presentan. Lo que no se puede, es seguir callándolos.

René Chandelle

CAPÍTULO 1

JESÚS EN SU ÉPOCA

JESÚS EN SU ÉPOCA

¿Quién fue verdaderamente Jesucristo? ¿Era el hijo de Dios? ¿O, acaso, sólo un hombre con tendencias "revolucionarias", poco convenientes al poder político de la época? ¿Se trataba de un místico? ¿Quizás un iluminado o un profeta? ¿Fue célibe o, de acuerdo a las normas judaicas de la época, contrajo matrimonio? Si lo hizo, ¿tuvo descendencia? ¿Qué papel cumplió María Magdalena en su vida? Las preguntas, por supuesto, podrían seguir. Pese a todo lo que se ha escrito, discutido, reflexionado y filmado acerca de Cristo, lo cierto es que en, buena medida, continua siendo un misterio. Tal vez, el más grande de la humanidad.

Hay un interrogante de base cuya respuesta resulta imprescindible conocer y tener sumamente en cuenta a la hora de contestar las preguntas anteriores, y es el siguiente: la imagen de Cristo que reflejan los Evangelios, ¿es fidedigna y única? La respuesta es categórica: no. Y esa negativa es, precisamente, la que permite a quien tenga la mente abierta, investigar más a fondo -y por lo tanto comprender de igual manera- a quien vió la luz en un humilde pesebre en Belén.

Si bien los Evangelios oficiales o canónicos, conocidos por todos (el Nuevo Testamento, en general), permiten que nos formemos la visión de un Jesús hijo de Dios, sumamente bondadoso, que se compadecía del sufrimiento ajeno y, sobre todo, que no tenía contacto sexual con mujeres (y por lo tanto no era esposo ni padre), lo cierto es que otra serie de textos y documentos nos ofrecen imágenes de Jesús bien distintas a aquella que durante siglos ha mantenido oficialmente la Iglesia Católica. Esos textos son los Evangelios Apócrifos. Hay multiplicidad de ellos: están los papiros de Naj Hammadi, los papiros de Qumran y los rollos del Mar Muerto. ¿Qué tienen todos ellos en común? Básicamente, dar cuenta del llamado "protocristianismo" o cristianismo primitivo, antes de que Constantino, en el año 325, le imprimiera un giro tal que le permitió ser una religión capaz de instrumentalizar y obtener réditos políticos y económicos.

Los ya mencionados papiros de Naj Hammadi son considerados la fuente más importante para develar la otra cara de Cristo, aquella que la iglesia oficial ocultó durante siglos. También son conocidos como Evangelios o Escritos Gnósticos.

LOS GNÓSTICOS

Antes de adentrarnos específicamente en los Escritos o Evangelios Gnósticos, una aclaración de rigor: ¿quiénes fueron los gnósticos? ¿Qué imagen de Dios tenían? ¿Cómo concebían la religión?

Los gnósticos fueron un grupo de cristianos primitivos que escribieron una serie de textos -entre los que se encuentran los Evangelios Gnósticos- buscando la comprensión y el conocimiento (gnosis) más elevado de las cosas. Su desarrollo tuvo lugar en la zona de la cuenca del Mediterráneo, en donde estaban asentadas las culturas más avanzadas de la antigüedad (egipcios, asirios, griegos, judíos).

Su nombre quiere decir "conocedor", y designa a aquellos que han recibido de un revelador celeste una enseñanza secreta y maravillosa; esto es, una "gnosis" o "conocimiento". Para ellos, la salvación se obtenía por medio de este conocimiento y no, como proclamaría luego la Iglesia, por la fe.

Las bases de su credo eran la experiencia espiritual y mística. Afirmaban estar en posesión de una revelación divina que conducía a la salvación y que se había transmitido en cadena ya desde Adán (o al menos, desde su hijo Set), y que el Dios que aparecía en el Antiguo Testamento sólo representaba un agente divino de orden secundario, denominado "demiurgo". Para ellos, el Dios auténtico era extraño y desconocido, absolutamente trascendente y completamente bueno. Pero ese Dios no había querido permanecer en su infinita paz y soledad, y por eso había deseado comunicarse; ese deseo habría producido a su alrededor una serie de proyecciones divinas -modos de manifestarse al exterior- que, en última instancia, habían generado al universo y el hombre. El ser humano, compuesto de materia (también creada por la divinidad) y espíritu, podría llegar a unirse con ese Dios inefable y ultratrascendente, ya que afirmaban que el hombre tenía la misma naturaleza que lo divino y, por ese motivo, la comunicación entre ambas instancias era posible.

Eran, además, verdaderos disidentes del mundo antiguo, ya que al rechazar a la materia, nada de toda la realidad física, de lo que fervientemente anhelaban otros mortales, era importante para ellos. En su lugar, fomentaban valores espirituales e intelectuales con el fin de regresar al cielo, la patria original donde se produciría la unión con Dios. Si bien procuraban vivir dentro de los otros grupos de cristianos, lo hacían internamente apartados, para disfrutar de sus revelaciones en una suerte de exilio interior voluntario. Dividían a la humanidad en tres sectores:

● Ellos mismos (los espirituales o neumáticos), que habían llegado a la gnosis, revelación o conocimiento y que, si se mantenían fieles a ella, se salvarían.

● En segundo lugar estaban los psíquicos, dotados de alma, pero carentes de espíritu. Actuaban bien en la vida, según los dictados de una buena consciencia, más no habían recibido lo trascendental: la gnosis. Al morir, alcanzaban una salvación a medias en un lugar alejado de la tierra (una suerte de región supralunar, pero no plenamente celeste). A este grupo pertenecían la mayoría de los cristianos de esa época.

● Por último, se encontraban los hílicos o materiales, que se comportaban como animales, al no tener alma ni espíritu. Se trataba de un grupo compuesto en su gran mayoría por paganos, quienes estaban condenados a la más pura perdición, ya que a su muerte toda su sustancia estaba condenada a la desintegración.

Por rechazar a la materia, consideraban que el pecado original consistía en el mismo hecho de existir en un cuerpo de carne y hueso. Al basar sus creencias en la maldad del cuerpo material, no concedían importancia a la moral, y sus actos y comportamientos abarcaban un arco muy amplio, que iba desde el ascetismo riguroso a las orgías, con el argumento de que no se podía juzgar ni condenar lo que hacía el cuerpo (algo bajo y despreciable) cuando lo verdaderamente importante era el espíritu.

LOS ESCRITOS GNÓSTICOS

Los Evangelios Gnósticos son una serie de textos de difícil interpretación que fueron escritos en copto (forma popular de escritura egipcia, sucesora de la lengua que hablaron los autores de los jeroglíficos), entre los siglos III y V, aunque los originales griegos se remonten, incluso, hasta el siglo I.

Al ofrecer una imagen distinta del cristianismo primitivo, sus escritos constituyeron una verdadera revolución para la teología y la cristología (respectivamente, estudio de Dios y estudio de Cristo). En los primeros siglos de nuestra era, fueron considerados lisa y llanamente fruto de una herejía, suerte de subproducto del cristianismo conocido básicamente por sus ataques a los Padres de la Iglesia. A partir del siglo II, su posesión fue declarada un delito, por lo que desaparecieron. Esta es la razón por la cual, de tiempo en tiempo, de manera casual o premeditada, se encuentran Evangelios

Gnósticos en la zona de Medio Oriente: en su momento debieron ser secretamente escondidos para salvar a sus poseedores.

LOS PAPIROS DE NAJ HAMMADI

Hasta 1945, poco y nada se sabía de los gnósticos. Aparte de algunos pocos fragmentos, casi todas las noticias que de ellos se tenían provenían de la pluma de sus enemigos, nada halagadora ni objetiva por cierto. Pero, al finalizar la segunda guerra mundial, un aldeano egipcio, de nombre Muhammad Ali Samman, que deambulaba con sus camello por Naj Hammadi (la antigua Chenoboskion, en el alto Egipto) encontró una vetusta ánfora de medio metro de altura, en un talud al que las lluvias habían removido las entrañas. Inmediatamente, imaginó que el recipiente podía contener un tesoro que lo salvara de su difícil existencia y lo abrió afanosamente. Pero cuán grande sería su decepción al comprobar que en la jarra no había oro, ni piedras preciosas, sino que sólo había servido de protección para unos pequeños libros de cuero que estaban medio raídos por el paso del tiempo. A pesar de su comprensible decepción, sin saberlo, había descubierto un tesoro más importante para la humanidad que mil ánforas repletas de oro y diamantes: había hallado los papiros de Naj Hammadi, trece códices encuadernados en piel que constituyen una colección valiosísima de documentos del cristianismo primitivo, y que son de índole básicamente gnóstica. Concretamente, los papiros de Naj Hammadi son la mayor fuente de información sobre los gnósticos descubierta hasta hoy. En conjunto, en los trece manuscritos había copiadas una cincuenta obras gnósticas, casi todas desconocidas hasta el momento, incluido el fascinante Evangelio de Tomás. De esa manera, las arenas del desierto entregaban a la ciencia histórica la posibilidad inigualable de conocer de primera mano documentos que permitían echar nueva luz sobre la historia de los primeros tiempos de la cristiandad, especialmente

Los fabulosos itinerarios de los códices de Naj Hammadi

¿Qué pasó con los papiros de Naj Hammadi luego de ser descubiertos? No bien hallados, Muhammad Ali Samman los llevó a su casa, donde los amontonó cerca de un horno entre la paja, lo que originó que su madre quemara muchos papiros para alimentar el fuego. Finalmente, entregó el "tesoro" al religioso Al-Qummus Basiliyus Abd el Masih. A partir de allí, los códices pasan por varias manos, se venden en el mercado negro y, tras numerosas peripecias, los trascendentales escritos efectúan tres itinerarios básicos:

● La primera parte de los manuscritos fue confiada al religioso Al-Qummus Basiliyus Abd el Masih. Enviado al historiador Raghib, este conjunto se convierte en propiedad del Museo Copto de El Cairo, en donde es estudiado por el egiptólogo francés Jean Doresse. Tras este examen, que subraya la riqueza del descubrimiento, nace la necesidad de hallar y reunir la totalidad de la colección.

● La segunda parte de la biblioteca pasa por las manos de un forajido, Bahij Ali, del pueblo de Samman. Vendida a Phocion Tano, un anticuario de El Cairo, el gobierno egipcio intenta comprarla. El anticuario afirma que están ahora en posesión de una coleccionista italiana, la Señorita Dattari, que vive en la capital egipcia. Cuando, en 1952, el ministerio de Educación Pública declara como bien nacional a los manuscritos, la colección Dattari se convierte, también, en propiedad del Museo Copto de El Cairo.

● La última parte de los manuscritos, vendida también en el mercado negro, fue comprada por el anticuario Albert Eid. Éste, rechazando entregar el códice 1 a las autoridades de su país, lo hizo pasar por contrabando más allá de las fronteras de Egipto. No siendo vendido en los Estados Unidos, acabó por ser depositado en una caja fuerte en Bélgica. A su fallecimiento, su mujer prosigue la venta ilícita del libro. Entonces es cuando lo observa el profesor Gilles Quispel, quien lo compra por medio de la Fundación Jung, de Zurich, con el objetivo de ser ofrecido como regalo de cumpleaños al psicoanalista Carl Gustav Jung. Hoy en día, se sabe que la biblioteca no está completa: algunos de sus códices se han perdido irremediable y definitivamente, mientras que otros prosiguen su andar por el mundo y esperan ser recuperados.

sobre la evolución del cristianismo egipcio durante los primeros siglos de su existencia.

Según investigaciones realizadas con modernos adelantos técnicos, los códices datan de finales del siglo IV o principios del V. Por estas mismas investigaciones, se sabe que los papiros encontrados son copias de originales que datan de mucho tiempo antes. Algunos de ellos son mencionados por los primeros padres de la Iglesia (Clemente de Alejandría, Irineo y Orígenes): se trata de el Evangelio de Tomás, el Evangelio de los Egipcios y el Testimonio de la Verdad.

Algunos de los libros encontrados en estos papiros son considerados por algunos estudiosos autorizados como los Evangelios oficiales. Y aún más: algunos audaces investigadores que buscan la verdad más allá de toda conveniencia mundana, consideran a estos documentos como de un grado de verdad extrema y única. ¿Las razones? Varias: en primer lugar, al ser escritos para un público egipcio y no uno romano, no adolecen de las tergiversaciones que sí poseían los textos traducidos para este pueblo. Por esta misma razón, se libraron de la censura de la ortodoxia romana. Y, por último pero no por eso menos importante, quienes los han estudiado consideran que es muy posible que se basen en fuentes de primera mano, tales como relatos de colaboradores de Jesús o testigos oculares (y, por lo tanto, directos) de la huida de Tierra Santa de los judíos.

LOS ROLLOS DEL MAR MUERTO

Se trata de una colección de aproximadamente 600 escritos, en hebreo y arameo, que fueron descubiertos a partir de 1947 en unas cuevas de la actual Jordania, en el extremo noroccidental del mar Muerto (en la región de Qirbet Qumran). Por eso, también se

Manuscritos de Isaías

los conoce como manuscritos de Qumran. Los papiros, atribuidos a miembros de una congregación judía, parecen haber formado parte de la biblioteca de la comunidad y las pruebas paleográficas indican que la mayoría de ellos fueron escritos entre el 200 a.C. y el 68 d.C. Incluyen manuales de disciplina, comentarios bíblicos, himnos, textos apocalípticos y dos de las copias conocidas más antiguas del libro de Isaías, casi intactas, y fragmentos de todos los libros del Antiguo Testamento, a excepción del de Ester. Entre esos fragmentos, se encuentra una fantástica paráfrasis del libro del Génesis. Asimismo, se descubrieron textos de varios libros de los apócrifos, deuterocanónicos y pseudoepígrafos. Estos textos, ninguno de los cuales fueron incluidos en la Biblia canónica son, entre otros: Tobías, Eclesiástico, Jubileos y partes de Enoc. Para los estudiosos han resultado de especial interés los numerosos vínculos entre el pensamiento y los modismos de los manuscritos de Qumran y del Nuevo Testamento. En ambos se hace hincapié en la inminencia del reino de Dios, en la necesidad del arrepentimiento inmediato y en la esperada derrota del Malo. En uno y en otro aparecen referencias similares en relación con el bautismo en el Espíritu Santo y se encuentran caracterizaciones similares de los fieles.

Una vez descubiertos, los manuscritos principales fueron adquiridos, una parte, por la Universidad Hebrea de Jerusalén y, la otra, por el monasterio siríaco San Marcos de Jerusalén; éstos últimos fueron, más tarde, adquiridos por el gobierno de Israel.

EL JESÚS DE LOS GNÓSTICOS

Tal como lo señalamos, por ser escritos para un público egipcio (por lo tanto, libres de la censura de la ortodoxia romana) y por basarse muy posiblemente en fuentes de primera mano, no es extraño que los papiros de Naj Hammadi y otros Evangelios Apócrifos contengan pasajes contrarios a la ortodoxia que nos revelan facetas de Jesús, y de quienes lo rodearon, que desconocemos. ¿Cómo es el Jesús que aparece retratado en estos textos? Básicamente y a modo de resumen, podríamos decir que frente al Jesús fácilmente comprensible, accesible a todos y esotérico que surge de los Evangelios canónicos, de los escritos gnósticos emerge un Jesús esotérico, con enseñanzas ocultas y reservadas solamente a los iniciados: los múltiples secretos de los cielos, cómo había sido constituido el universo y el hombre, cuál era la esencia de la salvación, etcétera.

Según el gnosticismo, Jesús tomó la apariencia de un hombre, descendió al infierno y vivió en la tierra para predicar su doctrina exotérica. Estas enseñanzas eran sencillas y comprensibles y se expresan a través de parábolas. Tras sufrir una muerte aparente, es llevado al cielo junto al Padre, para regresar luego a la tierra y enseñar a sus discípulos la parte esotérica y oculta de su doctrina.

El Jesús presentado en estos textos es el Viviente, o sea, el resucitado que hacía confidencias a sus amigos más íntimos, aquel que revelaba aquello que nunca habían escuchado otros oídos. No era un Cristo material ni histórico, no era amo, ni maestro, ni protagonista de milagros, sino guía espiritual que mostraba cómo el reino de Dios no era algo externo, sino una realidad interna a cada persona que podía descubrirse a través del conocimiento de Dios y del autoconocimiento propio.

Por eso mismo, el mensaje gnóstico proclamaba la comunicación directa con Dios, al margen de cualquier autoridad eclesiástica, punto este último que, por supuesto, poco convendría a la Iglesia Católica (que con el transcurso del tiempo devendría en una institución muy poderosa). Según los gnósticos, quien alcanzaba la gnosis o conocimiento, se convertía en un igual de la divinidad; el Reino del Padre sería un estado de conciencia transformada o alterada (similar al Nirvana de los hindúes o a los estados de realidad alterada al que arriban los chamanes), en la que el hombre ya no necesitaría de ningún maestro. De acuerdo a esta doctrina, cualquiera que experimentase una visión interna de Jesús llegaría a poseer una autoridad igual o superior a la de los Apóstoles. Nuevamente, pensemos qué inconveniente resultaba esta postura que suponía un claro enfrentamiento con la autoridad de los sacerdotes y obispos, que se consideraban los sucesores de Pedro. El Jesús gnóstico, además, rechazaba la idea de que con él se cumplirían todas las profecías.

Algunas imágenes de Cristo aparecidas en estos Evangelios pueden resultar chocantes. Por ejemplo, en el Evangelio de la infancia de Jesucristo, se presenta a Jesús como un niño brillante, pero eminentemente humano que, por momentos, resulta indisciplinado, propenso a la violencia y a las demostraciones escandalosas, al tiempo que demuestra un ejercicio en buena medida irresponsable de sus poderes. Concretamente, en una ocasión mata a golpes a otro niño que lo ha ofendido.

En el Segundo Tratado del Gran Set, se describe a Jesús

librándose de morir en la cruz a partir de una ingeniosa serie de sustituciones. El fragmento que reproducimos a continuación -donde Jesús habla en primera persona- es copia fiel del libro:

"Fue otro, su padre, quien bebió la hiel y el vinagre; no fui yo. Me golpearon con caña; fue otro, Simón, quien llevó la cruz sobre sus hombros. Fue otro a quien colocaron la corona de espinas.. y yo me estaba riendo de su ignorancia."

Otra imagen chocante es la de Cristo enfrentándose al Padre con el reclamo: "dadme a mí lo que es mío", característico de algunas tesis gnósticas, que afirmaban que se debía odiar y amar a los padres.

JESÚS Y MAGDALENA EN LOS EVANGELIOS GNÓSTICOS

Sin embargo, de todos los aspectos desconocidos de Jesús que revelan estos libros, nos interesa especialmente uno: la relación entre Jesús y María Magdalena, la estima y confianza que él depositaba en ella. Y, por supuesto, el amor, la particular clase de amor que él le profesaba.

Pero vayamos a los primeros puntos: según se describe en el Evangelio de Tomás, se cuenta que Jesús alabó repetidas veces y de manera diversa a María Magdalena y la tuvo por visionaria y superior a cualquier apóstol. Mientras, el Evangelio de María describe a Magdalena como la persona que vio favorecida con unas visiones y una percepción que superan en mucho a las de Pedro, lo cual hace suponer que Magdalena también era un apóstol, aunque este hecho no sea reconocido por los ortodoxos.

En Diálogo del Salvador, Jesús se refiere a ella como "mujer que conoce el Todo". En La Sophía de Jesús Cristo, se presenta un Pedro no protagonista que se niega encarnizadamente a aceptar el puesto de privilegio que Jesús le concede a María Magdalena. Jesús desoye sus protestas y lo reprende, pero Magdalena le confiesa en privado que se siente intimidada por Pedro y que no era capaz de hablar con libertad frente a él, por su hostilidad contra el sexo femenino. Ante esto, Cristo la consuela y le revela que cualquier persona (independientemente de su sexo), inspirada por el Espíritu, podía expresarse sobre cuestiones divinas sin temor alguno.

Y en relación al amor carnal, ¿cuáles eran los sentimientos de Jesús hacia María Magdalena? En múltiples pasajes de los Evangelios Gnósticos se insiste de manera repetida en dos hechos: en que Magdalena es la compañera de Jesús (luego veremos que implica este término) y en la idea de que era más amada que cualquier discípulo.

En el Evangelio según Felipe se hace hincapié repetidas veces en dos imágenes muy sugerentes: la de una cámara nupcial y la de Magdalena en tanto y cuanto "compañera" de Jesús. Vamos a cada una de ellas: en relación a la primera (la cámara nupcial) se lee textualmente: "el Señor lo hizo todo en un misterio, un bautismo y un crisma y una eucaristía y una redención y una cámara nupcial". Si bien es cierto que a primera vista el concepto de cámara nupcial podría ser de carácter metafórico o simbólico (tal como sucede con muchísimas expresiones de los libros religiosos) lo cierto es que multiplicidad de eruditos y estudiosos del tema han estado de acuerdo en atribuirle un sentido literal.

Algo similar sucede con el término "compañera" que aparece, entre otros pasajes, en el siguiente: "había tres que caminaban siempre con el Señor; María, su madre, su hermana y Magdalena, la que era llamada su compañera". En este caso, de los múltiples significados atribuibles a la palabra compañera (acompaña, pero ¿en qué sentido? ¿Hasta dónde?) los estudiosos han determinado que esta palabra debe entenderse como "espo-

Maria Magdalena

sa", en el sentido de un vínculo estable en el tiempo y, por supuesto, con contacto sexual.

Pero el Evangelio según Felipe es aún más explícito al respecto. Baste citar un pasaje:

> *"Y la compañera del Salvador era María Magdalena. Pero*
> *Cristo la amaba más que a todos los discípulos y solía besarla*
> *en la boca a menudo. El resto de los discípulos se ofendían por*
> *ello y expresaban desaprobación."*

En muchos pasajes de los Evangelios Apócrifos se da cuenta de una disputa sin tregua y encarnizada entre Pedro y María Magdalena, fruto de los celos que éste último sentía ante el amor que Jesús profesaba a la mujer. Concretamente, en el Evangelio de María, Pedro manifiesta saber que Jesús amaba a María Magdalena más que al resto de las mujeres y, por ello, pregunta indignado a sus discípulos: "¿habló realmente en privado con una mujer y no abiertamente con nosotros? ¿Debemos volvernos todos y escucharla a ella? ¿La prefirió a nosotros?". Más adelante, uno de los discípulos contesta a Pedro: "seguramente, el Salvador la conoce muy bien. Por eso la amaba más que a nosotros."

El Evangelio de María dice también lo siguiente:

> *"Pedro le dijo a María `hermana, sabemos que el Salvador te quería a ti más que el resto de las mujeres. Díganos las palabras del Salvador cuáles usted se recuerda -- cuáles usted sabes pero nosotros no, ni las oímos´. María le contesto y dijo, `Lo que se oculta de ti, yo te lo proclamaré´."*

A partir de todas estas citas de los Evangelios Apócrifos pueden apreciarse claramente tres cuestiones que fueron oportunamente silenciadas en la selección que la ortodoxia cristiana realizó a fin de conformar los Evangelios canónicos. Una de ellas es que Cristo consideraba a Magdalena como de un estatus verdaderamente superior. Para ellos, basten sus palabras anteriormente citadas: Magdalena es una mujer que conoce el Todo. Otra es la índole erótico, plenamente humano, de los sentimientos que Jesús profesaba por ella. Y tercera (muy posiblemente fruto de las dos anteriores), el vínculo matrimonial que los unía: María Magdalena era conocida como "su compañera".

EL MATRIMONIO DE CRISTO

¿Se casó Jesucristo? En realidad, para responder esta pregunta, más que adentrarnos en los Evangelios Apócrifos, debemos hacerlo en los oficiales o canónicos -ya que con una mirada avizada sobre ellos no es difícil encontrar claves que nos hablen del matrimonio de Cristo- y en las pautas de la sociedad de la época que nos revela la misma historia, más allá de la Biblia.

Es cierto que no existe en los Evangelios oficiales ninguna mención explícita acerca del estado civil de Jesús. Es más: hay un silencio total en lo que al tema se refiere. Pero pensemos en algunas cuestiones al respecto. Los Evangelios canónicos afirman que muchos de los discípulos de Cristo estaban casados y el propio Jesús, en ninguna parte de ellos aboga por el celibato. Más aún: en el Evangelio de Mateo declara:

> *"¿No habéis leído que el que los hizo al principio, varón y hem-*
> *bra, los hizo? Por esto el hombre dejará padre y madre y se unirá*
> *a su mujer y los dos serán una sola carne."*

Si Jesús no predicó el celibato, ¿cuál sería una razón valedera para suponer que practicase lo que no predicaba? Si muchas características notables tuvo Jesús, una de ellas fue, sin duda, el vivir de acuerdo a lo que predicaba, el hecho de que no existía una fractura, una contradicción entre lo que pensaba y decía y lo que hacía.

Además, según la costumbre judaica de la época, el celibato era algo muy mal visto y se consideraba que un hombre debía casarse. Se trataba de algo prácticamente obligatorio y, por ello, entre las tareas de un padre judío estaba encontrar esposa para su hijo. Permanecer soltero no era una "elección" como podría considerarse el hecho hoy en día, sino una suerte de estigma en tanto constituía una seria desviación a las normas y costumbres de la época. A tal punto llegaba esta concepción que un autor judío del siglo I llegó a comparar el celibato deliberado con el asesinato. Recordemos en este punto que, las más de las veces, los escritores al igual que el resto de los artistas, no suelen expresar sino el sentir de un pueblo y una época y, por lo tanto, si un autor daba cuenta de este sentir con respecto al tema, seguramente no era el único que pensaba de esa manera. Además: si ser célibe constituía un estigma, algo que no pasaba desapercibido sino que marcaba negativamente a un individuo de manera notable, ¿cómo explicar que la Biblia en ningún pasaje haga referencia a un "detalle" tan importante? Si Jesús, tal como lo afirma la tradición posterior, se hubiera mantenido célibe, resulta por demás extraño que ningún pasaje de los Evangelios canónicos mencione este hecho. Por lo tanto, no resulta ilógico suponer que, la falta de alusión al tema sugiere que Jesús se ajustaba a las convenciones y reglas de su época y que, por lo tanto, estaba casado.

Charles Davis, un respetado estudioso moderno en cuestiones teológicas, señala al respecto que si Jesús hubiera insistido en su soltería y, por ende, en su celibato, su actitud "anormal" habría llamado tanto la atención que sería imposible no hallar huellas en los Evangelios de las reacciones provocadas.

Por otra parte, en el cuarto Evangelio se narra un episodio relacionado con un matrimonio que bien podría ser el del mismo Jesús: la transformación del agua en vino en las bodas de Caná.

Según se lee, se trata de una ceremonia modesta y local, cuyos novios permanecen en el anonimato. A esas bodas Jesús es "llamado" y (sin que se nos explique por qué) su madre también se encuentra presente. Por razones que el Evangelio tampoco explica, María pidió a Jesús que repusiera el vino, cosa que normalmente hubiese correspondido al dueño de casa o a la familia del novio. ¿Por qué iba a hacerlo, a menos que, en realidad, se tratara de su propia boda? Hay pruebas más directas que aparecen inmediatamente después de la realización del milagro, cuando "el maestresala de la boda llamó al novio y le dijo `todos sirven primero el vino bueno, y cuando ya están bebidos, el inferior, pero tú has guardado el vino bueno hasta ahora´". Estas palabras van dirigidas a Jesús pero, según el Evangelio, van dirigidas al esposo, con lo cual la implicación es clara: la boda es la del mismo Cristo. Y, por supuesto, si Cristo se casó, su esposa (de acuerdo a todo lo que venimos diciendo) no puede ser otra que María Magdalena. Con lo cual la pregunta siguiente es: ¿quién fue María Magdalena, esposa de Jesús?

MARÍA MAGDALENA, ESPOSA DE JESÚS

María del pueblo de Migdal o Magdala, en Galilea, fue la amada esposa de Cristo y suele ser una suerte de lugar común hacer referencia a ella en términos de una prostituta, pero... ¿fue éste el oficio de la consorte de Jesús? Más allá de la tradición popular, en ninguna parte de los Evangelios (ni apócrifos ni canónicos) se dice que Magdalena fuera una prostituta. Tal como se ha podido apreciar, en los escritos gnósticos Magdalena es colocada todo el tiempo como una mujer de gran sabiduría, y en ningún momento se hace alusión alguna a que ejerza la prostitución, y tampoco se lo hace en los Evangelios canónicos. Entonces ¿por qué ha pasado a la historia popular con el mote de prostituta? La razón parece estar en que la primera vez que se la menciona (en el Evangelio de Lucas) se alude a ella en términos de una mujer de la que habían salido siete demonios. Esta imagen puede entenderse como una especie de exorcismo llevado a cabo por Jesús, lo cual daba a entender que Magdalena era una "posesa" o bien, podría ser que tales palabras se refirieran a algún tipo de conversión o iniciación vinculada a algún culto de la diosa (Astarté o Ishtar, probablemente) que constaba de siete etapas. En el primero de los casos, la idea de "posesa" podría haberse contaminado con la de "pecadora" y luego, pasado a entenderse, simple y llanamente, como prostituta. En la segunda de las opciones, si Magdalena estaba vinculada a algún culto pagano, ciertamente esto la habría convertido en prostituta, muy especialmente a los ojos de quienes divulgaron el testamento, sobre todo luego del concilio de Nicea.

Otra posible razón es su conexión con la mujer "pecadora" mencionada en el Evangelio de Lucas que seca sus lágrimas en los pies de Jesús con su cabello. En el Evangelio de Juan, eso fue corregido para decir que fue realmente María, la hermana de Jesús, quien limpió sus pies con su cabello. Pero es el epíteto de "mujer pecadora" que parece habérsele pegado, sin embargo, ya que la unción del "esposo sacrificado" en los cultos de orientación de sacerdotisa, era realizada por un "hieródulo"o "sacerdotisa consagrada", y esta idea de una "prostituta sagrada" puede haber estado ligada a la mujer que realizó esta unción para Jesús. De hecho, la unción era una ceremonia de casamiento de épocas antiguas uniendo al "esposo" con el pueblo y la tierra de la esposa real.

De hecho, Magdalena era una descendiente de la tribu de Benjamín, de igual manera que Cristo lo era de la de David. O sea, ambos descendían de reyes, tenían sangre real. Al emparentarse estas dos casas, al unir esas dos líneas de sangre, el resultado era una unión (además de amorosa) política, capaz de reclamar legítimamente el trono y restaurar una línea de reyes. La razón de que la iglesia posterior haya ocultado -entre muchas cuestiones- el verdadero origen de María Magdalena es clara: amenazaba su poder, ponía indefectiblemente en jaque el poder cada vez mayor de la ortodoxia cristiana.

María Magdalena y su matrimonio con Jesús se encuentran, además muy emparentados con otros dos conceptos que atraviesan buena parte del *El código da Vinci*: el culto a la diosa y el matrimonio o sexo sagrado.

LA DIOSA: EL PRINCIPIO FEMENINO DIVINO

Partimos nuevamente de los Evangelios Apócrifos que tienen el poder de hechar luz sobre lo oculto, sobre lo silenciado por la Iglesia.

Un fragmento de los manuscritos de Naj Hammadi conocido con el nombre de "El Trueno, intelecto perfecto" habla de la diosa, que aparece en términos de un poder femenino que revela:

"Yo soy la primera y la última. Yo soy la honrada y la escarnecida. Soy la puta y la santa. Soy la esposa y la virgen. Soy la madre y la hija... Soy aquella cuya boda es grande y no ha tomado esposo. Soy conocimiento e ignorancia. Soy fuerza y soy temor. Soy necia y sabia. Yo no tengo Dios y soy una cuyo Dios es grande."

En el Libro Secreto se revela que la Madre, llamada también Barbelo, era el principio femenino del Padre, su contrapartida, su complemento.

En el Evangelio según Felipe y en el Evangelio según Tomás aparece la imagen de la Madre divina, que sería Sophía, la sabiduría, primera creadora universal de la que surgieron las criaturas.

En el Hipostas de los Arcontes, Dios se encuentra con una deidad femenina sumamente poderosa y se produce el siguiente diálogo:

".... el se volvió arrogante, diciendo: `Soy yo quien es Dios y no hay ningún otro aparte de mí...´. Una voz surgió de encima del reino del poder absoluto diciendo: `estás equivocado, Samael (Dios de los ciegos)´. Y él dijo: `si alguna otra cosa existe antes que yo, ¡que se me aparezca!´. E inmediatamente Sophía extendió un dedo e introdujo la luz en la materia y bajó tras ella a la región del Caos... Y él de nuevo dijo a sus vástagos: `soy yo quien es Dios de Todo´. Y Vida, la hija de la Sabiduría, clamó; le dijo a él: `¡estás equivocado, Saklas!´."

Según el gnóstico Tolomeo, en su Carta a Fiora, Sophía es

Diosa Fenicia Astarté

la intermediaria entre el alma del mundo (demiurgo) y las ideas (pleroma) o plenitud; es parte del hombre primordial y lo abandonó, por lo que no puede existir salvación sin volver a encontrarlo.

¿Qué significa esta presencia de lo femenino vinculado a lo divino que aparece en los textos gnósticos? El primitivo cristianismo tuvo una presencia de lo sagrado femenino, que luego fue suprimido por la Iglesia. Tal como lo expresa *El código da Vinci* nadie ha hecho más por erradicar la historia de la diosa que la Iglesia Católica.

¿Qué es la historia de la diosa, el culto a la diosa? Vamos a ello:

En todas las culturas prehistóricas (y en muchas otras posteriores), la figura cosmogónica central, la potencia o fuerza procreadora del universo, fue personalizada en una figura de mujer, y su poder generador y protector era simbolizado mediante atributos femeninos -nalgas, senos, vientre grávido y vulva- bien marcados. Esa diosa, útero divino del que todo nace y al que todo regresa, para ser regenerado y proseguir el ciclo de la naturaleza, denonimada Gran Diosa o Gran Madre, presidió de manera exclusiva la expresión religiosa humana desde, aproximadamente, el 30.000 a.C.

Esas primeras sociedades se regían bajo designios femeninos y consideraban la tierra como madre y la muerte e inhumación como regreso a su vientre. Esas culturas pre-agrícolas y agrícolas primitivas, desarrollaron una suerte de religión cósmica que implicaba la renovación constante y periódica de la vida, cuyo objeto de culto era la Diosa Madre. Según esta concepción, en tanto la tierra era la madre, tanto plantas como animales y seres humanos eran considerados hijos de esa madre y, por lo tanto, estaban sujetos a sus leyes y designios. La importancia de la Diosa Madre quedó reflejada desde el paleolítico a través de la famosa Venus de Willendorf, escultura en piedra calcárea que data del año 26.000 a.C. y de otras esculturas, aún anteriores pero menos famosas, como una serie de estatuillas femeninas que datan del año 30.000 a.C. Esas figuras son de pequeño tamaño -entre 3 y 22 cm.- y están esculpidas en piedra, hueso y marfil y representan mujeres, especialmente en su función materna. En ellas, las vulvas, los senos, las nalgas y los vientres de embarazadas destacan, lo que genera un fuerte contraste con la cabeza y las extremidades, que aparecen notablemente menos definidas.

En estas mitologías de la Diosa Madre son motivos funda-mentales: el misterio de la sexualidad femenina, el enigma de la concepción y el parto, la asociación del ciclo femenino con el ritmo de la luna y la idea de tierra entendida como vientre. Esta Diosa Primordial era única e incluía en su figura todas las fuerzas de la vida: nacimiento, vida, muerte y renacimiento. Todas las mujeres eran sus sacerdotisas y, por lo tanto, servidoras de su voluntad y manifestaciones terrenales de su poder.

Pero, tal como lo señalamos, la importancia de la diosa no fue sólo prerrogativa de los tiempos prehistóricos, ya que de mane-ras diferentes y con distintos atributos aparece en diversas culturas.

Para los egipcios, la diosa Isis tiene poderes tanto divinos como humanos y es la inventora de la agricultura. En la Mesopotamia aparece la diosa Ninli, reverenciada por enseñar a cultivar la tierra. En Sumeria, se consideraba que la diosa Nidaba fue la inventora de las tablillas de arcilla y del arte de escribir. En la mitología india, la deidad femenina Sarasvati es a quien se le atribuye la invención del alfabeto. En Grecia y en Catal Huyuk, las ofrendas de granos se realizaban en los santuarios de las diosas. También podríamos mencionar a Ishtar (de Babilonia), a Freya (de Escandinavia), a Anath (de Canaán) y a Astarté (de Fenicia), entre muchísimas otras deidades femeninas que dominaron en tiempos antiguos.

Pero lo verdaderamente importante no es tanto la idea de una divinidad femenina en sí, sino la concepción del mundo y del ser humano (y de sus relaciones entre sí) que esto encierra. En tanto Diosa Madre, posee las características de esta última: es quien da la vida, quien ampara, quien ama a sus hijos de manera incondicional y a todos ellos por igual.

Con el paso del tiempo y por diversas circunstancias, esa suerte de matriarcado, donde el principio femenino es fundamental, va desapareciendo y toma su lugar el dios masculino a través de un largo proceso de transformación, que desposeyó a la mujer de su ancestral poder y lo depositó en manos de los varones y de una deidad masculina que los representase. Con ello, el proceso de creación dejó de entenderse mediante un símil con la fisiología reproductora femenina y pasó a ser descripto como el resultado de instrumentos de poder masculinos.

Nuevamente, en el paso de la deidad femenina a la masculina, lo que verdaderamente importa es la concepción de fondo que esto implica. Con el omnipotente (y hasta autoritario) dios masculino, ya no se está en presencia de esa madre nutricia que ama a todos sus hijos de manera incondicional, sino de un padre en cierta manera terrible que tiene y ejerce el poder de castigar y de preferir a unos hijos por sobre otros. Por ello, con el surgimiento y el posterior fortalecimiento del dios masculino y todopoderoso, apareció un clero con una estructura de poder claramente piramidal y emergió la sociedad de clases y la monarquía, mientras que el poder de la diosa decrecía (al tiempo que sucedía otro tanto con los poderes de las mujeres terrenales).

Pero, vinculado al poder de la diosa, existe otra concepción suma-mente importante que también es abordada por *El código da Vinci*: la del sexo y el matrimonio sagrado.

SEXO Y MATRIMONIO SAGRADOS: MUJER Y HOMBRE SON DOS Y UNO

Si bien pocas ideas resultan tan extrañas a la cultura domi-nante en Occidente como la unión sexual de una pareja en función sacramental, muchísimas civilizaciones anteriores han buscado conocer el universo y acceder a planos superiores de entendimiento a través del cuerpo, de disolver el Yo para unificar tiempo y eterni-dad, desarrollar capacidades supranormales y, en definitiva, acercar-se a la divinidad y a la inmortalidad. Aunque para la cultura occi-dental moderna el término "sexo sagrado" expresa una suerte de contradicción, se trata de una llamativa excepción. Prácticamente todos los sistemas religiosos de la antigüedad -desde Egipto a la India y China- desarrollaron ritos de sexo sacramental y mágico, una

El sexo sagrado entre los gnósticos

Algunos grupos de gnósticos veían en el acto sexual una imagen de la unión con la divini-dad, básicamente a través de la ceremonia de la cámara nupcial. En ella, se preparaba un aposento y allí se celebraba entre un hombre y una mujer una unión física que no llegaba a la fusión carnal completa, con plegarias y unciones, que simbolizaba la unión definitiva con el dios de los cielos. Sin embargo, había otros que llegaban más lejos al respecto, llevando a cabo verdaderas orgías con objetivos rituales. En ellas, se realizaba una comida con abun-dancia de carne y vino y, luego, comenzaba la ceremonia del gape o del amor, donde hom-bres y mujeres se unían de manera indiscriminada y se ofrecía semen a modo de ofrenda, por considerarlo el cuerpo de Cristo, y sangre menstrual, vista como su sangre.

tradición que aún hoy en día pervive (por ejemplo, en las prácticas del denominado sexo tántrico).

Jesús y María Magdalena encarnan los arquetipos de los sagrados esposos de los cultos de la diosa del Oriente Medio y de otras muchas culturas ancestrales, tales como Shiva y Shakty en la cultura hindú, o la pareja sumeria conformada por Inanna y su amante, el divino Dumuzi. Al respecto de estos últimos, un valioso texto sobreviviente de la antigua Sumeria, permite vislumbrar la naturaleza sensual del ritual de hieros gamos o matrimonio sagrado ritual:

> Dice Inanna: "Mi vulva, el cuerno, el bote al Paraíso, está lleno de ansias como la joven luna. Mi tierra sin labrar yace en barbecho. En cuanto a mí, Innana: ¿quién labrará mi vulva? ¿Quién labrará mi campo alto? ¿Quién labrará mi tierra húmeda?"
>
> Dumuzi le contesta: "Gran Dama, el rey labrará tu vulva. Yo, Dumuzi, el Rey, labraré tu vulva"
>
> Entonces Inanna, la Reina del Paraíso, responde impaciente: "Luego, ¡labra mi vulva, hombre de mi corazón! Labra mi vulva!"

Al igual que la diosa, la idea del matrimonio sagrado y de su contrapartida sexual viene de lejos y está presente, como no podía ser de otra manera, también en los textos gnósticos que, por ejemplo, se referían a Dios como Padre y Madre en tanto pareja sagrada y divina, unión de la deidad masculina y femenina. En el Evangelio según Tomás se lee: "cuando logréis que el varón no sea ya varón y la mujer no sea ya mujer", en clara alusión a la unión del eterno masculino con el eterno femenino.

¿LOS HIJOS DE JESÚS?

Si Jesús no fue en modo alguno célibe y se casó con María Magdalena ¿es probable que hayan tenido descendencia? No sólo es probable: es prácticamente absurdo pensar que no haya sido de esa manera. En tanto y en cuanto eran un matrimonio, el hecho de que tuvieran descendencia es algo que, práctica y lógicamente, no puede entrar en discusión, no puede ponerse en tela de juicio. Entonces... ¿qué pasó con su amada esposa luego de que Cristo fue crucificado? Cuando esto sucedió, algunos de sus discípulos, y entre ellos José de Arimatea cumpliendo un rol fundamental, sacaron sigilosamente a su esposa de la ciudad, que a la sazón estaba embarazada, y la llevaron a Alejandría, para luego trasladarla al sur de Francia, Galia en ese momento. María Magdalena llevó, de esa manera, el "Santo Grial" -la "Sangre Real" (sangre real)- a la costa de Gaules, llegando en un barco sin remos, huyendo de la persecución en Palestina. Magdalena intentó adaptarse a su nuevo país y ambiente tan suavemente como le fue posible. Al principio le resultó difícil, pero con el tiempo lo logró, especialmente por el apoyo y el refugio que le brindó la comunidad judía de ese país. Allí tuvo una hija, Sarah, que fue criada en Francia. En definitiva, Jesús depositó su simiente en el cuerpo de María Magdalena, y ésta, embarazada, se convirtió en el Santo Grial: la portadora de la sangre real de su esposo crucificado.

Y fue Sarah quien continuó el linaje de Jesús y dio origen a los merovingios o casa merovingia, primeros reyes francos, que datan de la Edad Media.

Los merovingios, como no podía ser de otra manera, fueron reyes envueltos en misterios varios. Si bien las costumbres del mundo merovingio no parecen haberse diferenciado en demasía de otras del mismo período, lo cierto es que se trató de una dinastía siempre envuelta en un hálito de misterio y leyenda, de magia y de fenómenos que hoy podríamos denominar sobrenaturales, aún cuan-

(De izquierda a derecha) La imaginería católica anuncia que Cristo Rey regresa para implantar el reinado social de su Sagrado Corazón. Clodovero, primer monarca merovingio. Los cuatro hijos de Clodovero, entre los cuales fue repartido el reino franco. Dagoberto II, último monarca merovingio, que murió asesinado.

do estaban vivos. Según la tradición, se trató de monarcas practicantes de ciencias esotéricas, iniciados en las arcanas y adeptos al ocultismo. A menudo, se los llamaba "reyes brujos" o "reyes taumaturgos". Y algo sumamente llamativo: muchas crónicas de la época se refieren a ellos como capaces de curar en virtud de alguna propiedad milagrosa que llevaban en la sangre. Se los creía, por ejemplo, capaces de curar por imposición de manos o mediante las borlas que adornaban los bordes de sus vestiduras. Por supuesto, la pregunta que se impone es: ¿por qué se habla de estos monarcas en términos de curas milagrosas? y, sobre todo, ¿por qué pudiéndosele atribuir ese poder a cualquier otra causa, se lo asigna a esa excepcional cualidad de su sangre? ¿Por qué a la sangre real de los merovingios se le atribuía una naturaleza milagrosa, divina y sagrada? La única respuesta plausible es que heredaron esa capacidad de su lejano antecesor, el mismo Cristo. Pero no es sólo eso: también se decía que los merovingios, todos ellos, llevaban una mancha de nacimiento sobre el corazón, que los distinguía de los demás hombres y atestiguaba su sangre semidivina. Nuevamente la sangre, nuevamente la idea de la ascendencia divina.

Por otra parte, la actitud merovingia hacia el judaísmo parece no haber tenido paralelo en la historia occidental previa a la reforma luterana. A pesar de las continuas protestas de la iglesia de Roma, fueron por demás tolerantes y comprensivos con los judíos: los matrimonios mixtos eran frecuentes, muchos judíos ocupaban cargos de alto rango y, tanto en la casa real merovingia así como en las familias relacionadas con ella, había un sorprendente número de nombres judaicos. Un hermano del rey Clotario II fue bautizado con el nombre de Sansón, un conde de Rosellón se llamaba Salomón y hubo un abad llamado Elisachar, que es una variante de Lázaro.

Pero, ¿qué sucedió con la dinastía merovingia?

En el año 496, la Iglesia hizo un pacto: el de comprometerse a perpetuidad con ella. Es de suponer que, al hacerlo, la iglesia no desconocía la verdadera identidad de dicha estirpe. Fue durante esa época "comprometida" cuando se le ofreció al rey Clodoveo la categoría de Sacro Emperador Romano. Pero luego la Iglesia traicionó a la dinastía y participó en el asesinato del rey Dagoberto. Por supuesto, el objetivo era erradicar este linaje: los auténticos descendientes de un Jesús por demás humano comenzaban a resultar por demás problemáticos y conflictivos para una iglesia ortodoxa, basada en un

Los merovingios y la reconquista del poder

Una vez expulsada del poder, la casa merovingia lleva a cabo repetidos intentos de retornar y, al parecer, lo hizo mediante tres estrategias complementarias pero esencialmente distintas. Una de ellas consistía en la creación de una suerte de clima psicológico cuyo objetivo era erosionar la hegemonía espiritual de Roma. Esa corriente halló expresión en el pensamiento hermético y los escritos de corte ocultista. Un segundo programa apuntaba a la reconquista del poder a través de la intriga y las maquinaciones políticas. Un tercer plan consistía en recuperar el patrimonio a través de matrimonios dinásticos. Una posible (y lógica) pregunta es: ¿no hubiera sido más sencillo revelar y probar su origen para lograr de esa manera el reconocimiento del mundo? Si eso hubieran hecho, las cosas no habrían resultado tan sencillas como pueden parecer a simple vista, ya que lo más posible es que una revelación "prematura" y de esa índole podría haber hecho estallar una lucha entre distintas facciones, que difícilmente hubiera sido resistida por los merovingios, a menos que se hallaran en una posición de poder. Por ello, era necesario primero recuperar el poder y luego, en todo caso, dar a conocer la verdad, cosa que no han logrado... todavía.

poder centralizado que tenía como base teórica y filosófica la divinidad de Jesús (ver: "Constantino y el concilio de Nicea"). Sin embargo, a pesar de todos los esfuerzos por borrar a los merovingios de la faz de la tierra, la estirpe sobrevivió, principalmente, a través del hijo de Dagoberto, Sigisberto, cuyos descendientes escaparon. En los siglos siguientes los merovingios, ayudados por el Priorato de Sión hicieron repetidos intentos de recuperar su patrimonio (ver: "Los merovingios y la reconquista del poder"). En varias ocasiones estuvieron muy cerca del éxito, pero quedaron frustrados por causas varias: circunstancias adversas, errores de cálculo o imponderables. Sin embargo, más allá de que no hayan tenido éxito, la estirpe no se ha extinguido y la descendencia de Cristo aún está entre nosotros. Y, tal como podrá verse a lo largo de este libro, no se trata solamente de una presencia. Están dispuestos a volver al poder ayudados, como no podía ser de otra manera, por la Prieuré de Sion.

CONSTANTINO Y EL CONCILIO DE NICEA

Por supuesto, y tal como es sabido, nada de ese Jesús humano, esposo y padre, ni del lugar de la diosa y lo femenino, ni de la experiencia individual de la divinidad, pueden rastrearse en el cristianismo ortodoxo, en los Evangelios "oficiales". Si bien ese lamentable hecho continúa hasta hoy en día, lo cierto es que una fecha puede rastrearse como un punto de inflexión al respecto: el año 325, en que se celebra el concilio de Nicea.

El cristianismo gnóstico, que tal como lo vimos, se basaba en la experiencia personal, en la unión individual con lo divino, creencia que socavaba la autoridad de sacerdotes y obispos y hacía necesario alentar una fe ciega en un dogma único que desechara la especulación individual. Era necesario una estructura de principios fija y claramente codificada, sin fisuras de ningún tipo que no permitiera la libre interpretación por parte del individuo.

Y mucho a favor de ello hizo el emperador Constantino el Grande, en primer lugar, realizando el concilio de Nicea y, luego, con otras acciones posteriores que apoyaron la ortodoxia cristiana.

Constantino era, en realidad, un emperador pagano que sólo fue bautizado y convertido al cristianismo en su lecho de muerte, pero que toda su vida fue el sumo sacerdote del culto al sol, al Sol Invictus, rito de origen asirio que los emperadores romanos impusieron a sus súbditos.

Efigie de Constantino, el primer emperador romano monoteísta

Pero, pese a su paganismo, Constantino veía claramente que, tres siglos luego de la crucifixión, las tensiones religiosas eran cada vez más acentuadas, ya que cristianos y paganos comenzaban a luchar, lo que ponía seriamente en juego su imperio. El objetivo del emperador era , entonces, la unidad territorial, religiosa y política, por lo que llama a el concilio de Nicea a fin de unificar Roma bajo una sola religión: el cristianismo. La ortodoxia cristiana tenía mucho puntos en común con el culto al Sol Invictus y, gracias a ello, fue posible homologarlos.

El de Nicea fue el primer concilio ecuménico, y fue convocado por el emperador con el consentimiento del papa Silvestre I. Asistieron a él más de 300 obispos, y el papa envió un Legado para que lo representase. En él, entre otras resoluciones, se dictaron reglas que definían la autoridad de los obispos y se decidió mediante votación que Jesús era Dios y no un profeta humano. Como base de todo eso, el concilio aprobó el denominado Credo Niceno:

"Creemos en un solo Dios, Padre Todopoderoso,
creador del cielo y de la tierra,
de todo lo visible y lo invisible.
Creemos en un solo Señor Jesucristo,
Hijo único de Dios,
nacido del Padre antes de todos los siglos:
Dios de Dios, Luz de Luz,
Dios verdadero de Dios verdadero,
engendrado, no creado, de la misma naturaleza del Padre,
por quien todo fue hecho;
que por nosotros los hombres, bajó del cielo,
y por obra del Espíritu Santo se encarnó de María la Virgen,
y se hizo hombre;
y por nuestra causa fue crucificado en tiempos
        de Poncio Pilato, padeció y fue sepultado,
y resucitó al tercer día, según las Escrituras,
y subió al cielo, y está sentado a la derecha del Padre;
de nuevo vendrá con gloria para juzgar vivos y muertos,
y su reino no tendrá fin.
Creemos en el Espíritu Santo, Señor y dador de vida,
que procede del padre
y del Hijo recibe una misma adoración y gloria,
y que habló por los profetas.
Creemos en la Iglesia,
que es una, santa, católica y apostólica.
Confesamos que hay un solo bautismo
        para el perdón de los pecados.
Esperamos la resurrección de los muertos
y la vida del mundo futuro."

Con la aprobación de ese credo, Jesús pasó de ser un profeta mortal a considerarse el Hijo de Dios. Y, por supuesto, ello no es un dato para nada menor. Establecer el carácter divino de Cristo resultaba de fundamental importancia para la posterior unificación del imperio y el establecimiento de la base de poder del Vaticano. Al proclamarlo Hijo de Dios, Constantino convirtió a Jesús en una entidad incuestionable cuyo alcance existía más allá del mundo humano. De esa manera, el emperador sofocaba cualquier posible amenaza pagana al cristianismo, al tiempo que dejaba un solo canal para la redención de los seguidores de Jesús: la Iglesia católica, apostólica y romana.

Tiempo después, el mismo Constantino sancionó la confiscación y destrucción de todos los textos que cuestionaran las enseñanzas ortodoxas, tanto las obras de cristianos considerados "heréticos" como las obras de autores paganos que contuvieran alguna referencia a Jesús. Detalle no menor, también dispuso que se concediera a la Iglesia ingresos fijos. Finalmente, en el año 331, financió nuevas copias de la Biblia, por supuesto, de acuerdo a la versión oficial, que fue supervisada por los custodios de la ortodoxia.

MÁS ALLÁ
DEL CÓDIGO
DA VINCI

CAPÍTULO 2

EL PRIORATO
DE SIÓN,
LOS
TEMPLARIOS
Y EL SANTO
GRIAL

EL PRIORATO DE SIÓN, LOS TEMPLARIOS Y EL SANTO GRIAL

El Priorato de Sión y los Templarios fueron, por utilizar una metáfora, dos caras de una misma moneda. El Priorato fue su faceta oculta, secreta, arcana, clandestina. Los Templarios, por el contrario, fueron, además del brazo armado del Priorato, quienes actuaban en la luz. Sin embargo, ambos perseguían un objetivo similar: recuperar (los Templarios) y guardar (el Priorato) los documentos del secreto del Grial, que demuestran el auténtico papel de María Magdalena como esposa de Jesús y portadora del linaje real, al emparentar a través de su matrimonio las casas de David y Benjamín, y seguir la línea sucesoria de los reyes de los tiempos de Salomón a través del nacimiento de su hija, Sarah que, según los escritos protegidos por el Priorato, nació en Francia y tiene descendientes, aún en la actualidad. Además, la meta confesada y declarada del Priorato es la restauración de la dinastía merovingia.

Comencemos por contar la historia de su cara visible, para adentrarnos luego en la secreta esencia del Priorato de Sión. Y, para finalizar, la fascinante y controvertida historia de aquello que los une: el Santo Grial.

LOS TEMPLARIOS

Brazo armado del Priorato de Sión, los Templarios fueron el arquetipo del cruzado, tropas de asalto a la tierra santa que lucharon y murieron por Cristo. Fueron esa mezcla mítica de caballeros andantes y fanáticos monjes guerreros con su manto blanco adornado con una cruz (la famosa cruz templaria) de color rojo.

Su existencia duró, aproximadamente, unos 200 años, y fueron objeto de muchas elucubraciones. Por un lado, los Templarios eran los cruzados. Por otro, tal como aparece en *El*

Caballero Templario

código da Vinci, eran el brazo armado del Priorato de Sión. Pero también se los ha acusado de negar y repudiar a Cristo y a la cruz, y de ser una suerte de matones arrogantes, codiciosos y déspotas. Muchos estudiosos y escritores los pintan como siervos de Satanás, otros los consideran iniciados místicos que custodian un conocimiento misterioso y que trasciende al cristianismo, mientras que, de manera reciente, los historiadores han tendido a considerarlos víctimas inocentes y desgraciadas de las maniobras de alto nivel de la Iglesia. Pero... concretamente ¿quiénes fueron los Templarios? Vayamos a las dos versiones de su historia que no son opuestas sino, en todo caso, complementarias: la historia oficial y la otra, más misteriosa y más secreta.

LA HISTORIA OFICIAL DE LOS TEMPLARIOS

La Orden de los Pobres Caballeros de Cristo y el Templo de Salomón (nombre completo y real de los Templarios) se fundó en el año 1118, presumiblemente por un noble de Champagne, Hugues de Payen. Por esa época, los cruzados habían logrado consolidar una cabeza de puente en Palestina y muchos peregrinos iban a Jerusalén, procedentes de Europa occidental. Si bien se había creado una orden de caballería (la de los Hospitalarios) para facilitar medicamentos a los pobres y enfermos de Palestina, lo cierto era que el viaje continuaba siendo muy peligroso y los peregrinos estaban expuestos, entre otras dificultades, a los salteadores de caminos. Por esa razón su fundador, junto con ocho camaradas más, se presentaron ante Balduino I, rey de Jerusalén, con el objetivo manifiesto de velar por la seguridad de los caminos y las carreteras, cuidando de manera especial a los peregrinos, cosa que el rey aceptó de muy buen grado. A pesar de su juramento de pobreza, se instalaron en un lujoso alojamiento que, según cuenta la tradición, estaba edificado sobre los cimientos del antiguo templo de Salomón, motivo por el cual rescataron este hecho en el nombre de la Orden. Parece ser que en un plazo aproximado de 10 años la fama de los caballeros Templarios se extendió por buena parte de Europa, en gran medida por los halagos que las autoridades eclesiásticas les dedicaron por llevar a cabo tan cristiana empresa. Por esa misma época, la mayoría de Templarios (a la sazón, solo nueve) regresaron al continente europeo, donde fueron recibidos de manera triunfal. Tiempo después, se celebra el concilio de Troyes, donde los Templarios fueron reconocidos oficialmente y constituidos en orden religiosa-militar. Su fundador, Hugues de Payen, recibió el título de Gran Maestre y, tanto él como sus subordinados, serían monjes guerreros, de acuerdo a unas reglas muy estrictas basadas en las de la orden monástica del Cister (que reglamentaban indumentaria, dieta y otros aspectos de la vida cotidiana de estos soldados místicos). Algunas de ellas son las que se detallan a continuación: una vez admitidos en la Orden, sus miembros hacían voto de pobreza, castidad y obediencia; nada poseían y nada podían hacer sin permiso de la superioridad; cualquier acto, cualquier detalle de su vida nueva -por insignificante que pudiera parecer a simple vista- estaba severamente regulado. El Temple rechazaba todo aquello que consideraba superfluo o mundano y los caballeros no poseían más que su ajuar personal, tres caballos y un escudero o criado. Por sus votos, les estaba prohibido cualquier adorno o frivolidad en su indumentaria. Tampoco se les permitía tener cerrados sus cofres o arcones, donde guardaban su ajuar y sus objetos personales, ni escribir cartas o recibirlas sin el oportuno permiso. Asimismo, no se les permitía viajar ni desplazarse sin autorización por el propio lugar de residencia, ni siquiera para asistir a oficios religiosos. Los Templarios estaban además obligados a cortarse el pelo, pero tenían prohibido hacer otro tanto con la barba (lo cual los volvía fácilmente distinguibles) y debían vestir el hábito de la orden: manto blanco adornado con la cruz templaria roja. En relación a las normas de conducta, estaban prohibidas las conversaciones fútiles, las risas y las bromas. Tanto entre ellos como entre personas ajenas a la Orden, debían conducirse con humildad y cortesía y observar un comportamiento digno y delicado. En caso de caer prisioneros no les estaba permitido pedir clemencia, tenían la obligación de luchar hasta la muerte y sólo les estaba permitido abandonar la batalla en caso de que el enemigo los superase numéricamente a razón de tres a uno. Además, debido a su voto de pobreza, si caían prisioneros no podían ser rescatados por dinero ni por ningún otro bien, lo que motivó que, normalmente, fueran eje-

El orden de jerarquía de los Templarios

La Orden estaba integrada por diferentes categorías, que se hallaban estrictamente regla-
mentadas con sus respectivos derechos, obligaciones y atribuciones. Ellas eran:

- **Gran Maestre**: recibía la consideración de "Príncipe de la Cristiandad". Generalmente
residía en Jerusalén.
- **Senescal**: cargo inmediatamente inferior al Gran Maestre. Como en teoría
(y frecuentemente en la práctica) lo sustituía, disfrutaba de un status similar y
ostentaba en las campañas las mismas insignias.
- **Mariscal**: encargado principal de las actividades bélicas.
- **Tesorero**: responsable de los asuntos económicos y financieros.
- **Comendador general**: asistente del tesorero. Además, tenía a su cargo la
protección de los viajeros y peregrinos: socorrerlos, alimentarlos y proveerlos
de caballos y armaduras.
- **Caballeros**: también denominados "hermanos", procedían de la nobleza -ya fuera
alta o baja- y desempeñaban las más altas funciones militares.
- **Capellanes**: atendían las necesidades espirituales de los caballeros. Vestían
de negro y estaban sujetos a las mismas obligaciones y derechos que los caballeros.
- **Sargentos**: generalmente auxiliares o escuderos, cumplían obligaciones respecto a
los caballeros.
- **Pañero**: atendía el vestuario y las funciones de intendencia.
- Agricultores, artesanos, boticarios, panaderos, etcétera, que preferían sujetarse a
la Orden en lugar de hacerlo al poder feudal.

cutados. Al morir, se les envolvía en su capa y se los sepultaba
sobre una tabla, boca abajo, en una fosa común, sin nombre ni señal
algunos.

En un principio, la Orden respondía sólo ante el Papa y,
dentro de ella, el Gran Maestre tenía autoridad absoluta sobre los
demás caballeros. Al poco tiempo, ampliaron su misión y pasaron
también a hacerse cargo de llevar de manera activa la lucha contra
el Islam, por lo cual fueron muy admirados por toda la cristiandad.

En el año 1139, el Papa Inocencio II promulgó una bula por la cual los Templarios pasaban a ser un ejército autónomo, ya que se les declaraba independiente de todos los reyes, prelados y príncipes, así como también libres de toda intromisión por parte de autoridades, tanto políticas como religiosas. De esta manera, pasaron a constituir un imperio internacional autónomo, lo que hizo que durante los 20 años que siguieron al mencionado concilio la Orden se expandiera de una manera extraordinaria. Hijos de familias nobles se enrolaban en ella y desde lugares diversos llegaban donaciones para ayudar a la misión de los Templarios. Además, para ser admitido, un hombre tenía la obligación de traspasar sus bienes a la Orden.

Esto hizo que, si bien entre los tres votos de los Templarios estaba el de "pobreza", las propiedades de los Templarios proliferasen en relativamente poco tiempo (unos pocos decenios). En 1160, la Orden de los Pobres Caballeros de Cristo ya no era tan pobre y poseía propiedades en España, Portugal, Francia, Inglaterra, Escocia, Flandes, Alemania, Austria, Hungría, Italia y Tierra Santa.

Durante los siguientes cien años, los Templarios se convirtieron en un poder con influencia internacional, cuyas actividades políticas iban más allá de la esfera cristiana, ya que establecieron lazos con el mundo musulmán así como también con la secta ismaelita de los asesinos, suerte de equivalentes islámicos de los Templarios. Pero los intereses de la Orden iban más allá de la esfera de la guerra, la diplomacia y la política. De hecho, no fueron sino ellos los que crearon la institución de la banca moderna y, como no podía ser de otra manera, se transformaron en los banqueros de Europa, así como también de algunos potentados musulmanes. Debido a la multiplicidad de propiedades que poseían, nobles y reyes preferían confiar sus dineros y sus riquezas a la custodia de los castillos templarios.

Su influencia en otros ámbitos también fue importante y

decisiva. Contribuyeron al desarrollo de la agrimensura, la cartografía, la navegación y la construcción de caminos. El Temple tenía, además de sus propios astilleros y sus flotas militares y comerciales, sus propios hospitales, equipados con tecnología "de punta" para su época y con médicos que comprendían y acataban los principios modernos de limpieza e higiene.

De la mano de la riqueza y las realizaciones, la Orden fue haciéndose cada vez más rica y poderosa y, como suele suceder, de manera paralela fue deviniendo más brutal, arrogante y corrupta. Las clases altas envidiaban a los Templarios por su soberbia y su independencia de la ley común, mientras que las clases bajas acusaban la opresión de los impuestos de la Orden.

Al tiempo que esto sucedía, las fuerzas cristianas eran virtualmente aniquiladas en Tierra Santa, y en 1291 ya estaba casi enteramente bajo el control de los musulmanes. Si bien los Templarios no dejaron de luchar y pusieron en práctica nuevas estrategias, lo cierto es que con la pérdida de Tierra Santa se había extinguido su razón de ser y volvieron así su atención hacia Europa.

En virtud de su asiduo contacto con las culturas judías e islámicas, llegado este punto, los caballeros Templarios habían absorbido muchas ideas, concepciones y prácticas ajenas al cristianismo ortodoxo de Roma, que éste no aprobaba en lo más mínimo. Por ejemplo, no era del todo extraño que los maestros

Caballero Templario

Baphomet, el demoníaco ídolo templario

de la Orden tuvieran secretarios árabes, o que se manejaran con gran soltura en ese idioma.

Hacia principios del siglo XIV, el Papa Clemente V y el rey Felipe IV, monarca de Francia (lugar donde la Orden estaba firmemente establecida), comienzan a desear que los Templarios desaparezcan de la faz de la tierra. El Papa los consideraba demasiado poderosos y, por ende, igual de peligrosos, mientras, que Felipe, por su parte, desea hacer desaparecer de su territorio a los arrogantes y poderosos Templarios, por tres razones: el rencor que le producía el haber solicitado ser admitido en la Orden y haber sido rechazado, la codicia por la inmensa riqueza de la Orden y la inquietud que le producía tener un estado prácticamente paralelo e independiente a sus espaldas.

Según algunas versiones fue el Papa y, según otras, el rey francés, quien redactó una lista de acusaciones (basadas en espías que se habían infiltrado en la Orden y en la confesión de un Templario arrepentido) y envió órdenes selladas y secretas con tales imputaciones con la imposición de abrirlas el 13 de octubre de 1307. Al amanecer de aquel día, los documentos sellados se abrieron y se encontraron acusaciones varias hacia los Templarios: herejía, ultraje a la cruz, culto al demonio, sodomía y toda otra serie de comportamientos blasfemos. Ello hizo que buena parte de los caballeros de la Orden fueran detenidos, y muchos de ellos quemados en la hoguera. Sin embargo, uno de los objetivos principales no fue cumplido. Ni el Papa ni el monarca francés lograron apoderarse de la inmensa riqueza de la orden, y lo cierto es que el fabuloso tesoro templario aún hoy tiene un paradero desconocido. Los Templarios detenidos en Francia fueron procesados, torturados y acusados de cargos vinculados a diversas manifestaciones de herejía. Esos cargos fueron los siguientes:

● Negar a Cristo, abjurar en secreto de su nombre y celebrar reuniones secretas en las que adoraban a una suerte de ídolo denominado "Baphomet" (ver "Baphomet, el misterioso ídolo demoníaco de los Templarios").

● Ser seguidores del blasfemo Marción, quien había asegurado que "Cristo no tiene nada que ver con Jehová. El antiguo testamento es inmoral. Cristo es hijo de un Dios de Amor desconocido y todos los profetas, hasta el mismo Juan Bautista, son acólitos de Jehová, el dios falso."

● Poseer una regla secreta en la que se exigía al aspirante, en un rito de iniciación sumamente especial, renegar de Cristo, escupir sobre la cruz cristiana, pisotearla e, incluso, ori-

---

Baphomet, el misterioso ídolo demoníaco de los Templarios.

Cuando fueron sometidos al interrogatorio posterior a la detención, varios caballeros Templarios se refirieron a algo denominado "Baphomet", y lo hicieron con una reverencia que rozaba la idolatría. Más allá del hecho de que, en todas las versiones la idea de este ídolo va asociado a una cabeza, nunca pudo saberse a ciencia cierta qué era concretamente, ya que según las distintas confesiones, se aludía a él de manera diferente. Baphomet fue, entonces:

● Una cabeza humana disecada, negra y demoníaca que provenía de Egipto.
● Una cabeza de mujer, hecha en plata dorada que contenía en su interior dos huesos craneales, envueltos en un paño de lino blanco, con otro paño rojo a su alrededor.
● Una calavera.
● Un fetiche de tres cabezas al que ungían con grasa de niños sacrificados.

nar sobre ella.

- Haber abierto la Orden a doctrinas extrañas y hasta herejes: sufismo, islamismo, etcétera.

- Realizar rituales que incluían la sodomía y los besos en las partes íntimas de los maestros.

- Amenazar de muerte a todos aquellos que revelaran los secretos de la iniciación.

- Enseñar a las mujeres a abortar.

- Cometer infanticidio.

Arresto de Caballeros Templarios

En 1312, la orden templaria fue disuelta de manera oficial por el Papa, lo cual no impidió que en Francia continuara su persecución. Finalmente, en marzo de 1314, Jacques de Molay, el Gran Maestre, y Geoffroi de Charnay, Senescal de Normandía, fueron quemados. Si bien con su ejecución los Templarios desaparecieron del gran escenario de la historia, lo cierto es que no dejaron de existir, en parte, por la gran cantidad de miembros que lograron escapar de la persecución y, además, porque en muchos lugares contaron con el apoyo de los gobernantes locales.

LA ADMISIÓN DE LOS CABALLEROS

Las pruebas que debían superar los aspirantes al ingresar a la Orden, así como las ceremonias de admisión, tenían un grado de dureza considerable. En principio, a los candidatos se les asignaban los trabajos domésticos menos gratos, tales como la limpieza, trabajar en huertas o talleres o alimentar y cuidar animales, modestas labores que debían realizar junto con los criados y auxiliares, y siempre de buen grado.

Al concluir ese período de prueba, el futuro Caballero Templario debía atravesar ciertas fases de purificación tan severas como difíciles, y cuya duración variaba entre el par de semanas y algunos meses. Si conseguía superarlas, se procedía a una última fase de orden espiritual en la cual era confinado a una reducida y oscura habitación (eventualmente, una mazmorra o cueva) durante toda una noche. En ese lugar se había instalado un altar con un crucifijo, y el aspirante debía pasarse todo el tiempo orando de rodillas sobre el suelo, a fin de identificarse con la pasión de Cristo y pedir a Dios que le diera las fuerzas suficientes para cumplir con sus votos, en caso de que fuera aceptado.

La ceremonia de recepción en la Orden -supuestamente inspirada en los misterios antiguos de las religiones anteriores al cristianismo- al tiempo que era magnífica, era también solemne y sobria, de modo tal de producir en el ingresante una suerte de inolvidable sensación de elevación espiritual. En ese ritual, el aspirante a Templario debía renunciar al mundo. Una vez examinado, y después de que se le había leído la Regla, se procedía a la "recepción", ceremonia que exigía la reunión completa detodos los asistentes en la Iglesia de la Orden durante la noche. En un momento de ésta, el principiante era introducido en la sala del Capítulo (la asamblea de forma octogonal) y, arrodillándose frente al Gran Maestre, pedía ser admitido en la Orden. El Gran Maestre lo sometía entonces a un amplio interrogatorio acerca de su vida hasta el momento: si estaba o había estado casado, si tenía novia o amante, si gozaba de buen estado de salud, si había pertenecido a alguna otra orden, si tenía deudas que no pudiera pagar por sí mismo o con la ayuda de parientes, si era o había sido clérigo, si estaba excomulgado, si había sobornado algún miembro de la Orden para facilitar su admisión, etcétera. Si las respuestas resultaban satisfactorias procedía a pedir al aspirante que formu-

lase los votos, que consistían en prometer ante Dios y ante la Virgen lo siguiente:

- Obediencia absoluta al Gran Maestre y los superiores.
- Permanencia y fidelidad a la Orden.
- Castidad.
- Ausencia de propiedades.
- Respeto por los buenos usos y costumbres de la Orden.
- Ayuda para conquistar la Tierra Santa de Jerusalén.

Una vez pronunciados los votos, el nuevo Templario era admitido con la promesa de "pan y agua, pobre vestidura y bastantes penurias y trabajos". Acto seguido, se le investía con el manto de la Orden, la cruz y la espada y el Maestre y el Capellán lo abrazaban y besaban a modo de bienvenida.

La intendencia correspondiente le suministraba al nuevo miembro, entonces, un ajuar y algunos efectos personales que debía cuidar celosamente -ya que no eran de su pertenencia- y un equipo militar. Este último era similar al de los caballeros de la época: loriga, calzas de hierro, yelmo, casco con protector nasal, espada, puñal y lanza, escudo largo y triangular, sobrevesta blanca, silla y gualdrapas para el caballo. El resto de los artículos entregados eran: dos pares de calzones, dos camisas, dos pares de calzas, un sayo largo, una pelliza forrada de piel de oveja, un manto de verano y otro de invierno, una túnica, un cinturón, un bonete de algodón y otro de fieltro, una toalla, una navaja de afeitar, una sábana, un jergón, un par de mantas, una servilleta, dos vasos, una cuchara y un cuchillo de mesa.

LA MALDICIÓN DE LOS TEMPLARIOS

El 18 de marzo de 1314, El Gran Maestre Jacques de Molay y su compañero Charnay fueron quemados a fuego lento sobre una pira que se levantó en una pequeña isla del Sena, llamada Isla de los Judíos, situada entre la iglesia de los hermanos ermitaños de San Agustín y los jardines del rey. Antes de que el fuego purificador consumiera su cuerpo, Jacques de Molay lanzó a sus verdugos una terrible profecía:

> *"Dios sabe que voy a morir injustamente. Por eso, pronto llegará la desgracia para los que nos condenan sin justicia. Dios vengará nuestra muerte, muero con esa convicción. A vos, Señor, os ruego que dirijáis vuestra mirada hacia Nuestra Señora para que nos acoja".*

Luego, dirigió su rostro hacia el palacio del rey y con voz atronadora, exclamó:

> *"Clemente V, Papa, yo os emplazo ante el Tribunal de Dios en cuarenta días y a vos, rey Felipe, antes de un año".*

Lo cierto es que el 20 de abril del mismo año, el Papa Clemente V fallecía de una infección intestinal en el castillo de Roquemaure, sobre el valle del Ródano. La misma suerte no tardó en llegarle al monarca: el 4 de noviembre de ese año, Felipe IV de Francia sufría un ataque de apoplejía mientras paseaba a caballo por Fontainebleau, muriendo paralítico el 29 del mismo mes, a los nueve meses de escuchar la maldición. Pero el Papa y el rey no fueron los únicos a quienes tocaron las malditas palabras, ya que ninguno de los otros cómplices o instigadores del proceso tuvo buen fin. Nogaret, el favorito del rey que había tenido una participación por demás activa en el proceso contra los Templarios muere también en 1314, tras haber caído en desgracia. Esquieu de Floyran, un intrigante que desde 1304 peregrinaba por los reinos de la cristiandad, difamando a los caballeros del temple, fue apuñalado también en 1314 en circunstancias poco claras en una pelea callejera. Los Templarios renegados Bernard Pelet y Gerard de Laverna, suerte de verdaderos Judas acusadores de sus hermanos de Orden, fueron colgados por la justicia real acusados de numerosos delitos. Más adelante, el 30 de abril de 1315, Enguerrand de Marigny, ministro de Hacienda y favorito del rey, fue acusado de malversación de fondos públicos. Por último, cuando el 21 de enero de 1793, la guillotina hacía rodar la infortunada cabeza del Luis XVI, un exaltado espectador subió al estrado y, empapando sus manos con la sangre del rey muerto, salpicó a la multitud allí presente, al grito de: "¡Yo te bautizo, pueblo, en nombre de la libertad y de Jacques de Molay!". Ante esto, parte de la multitud coreó: "¡Jacques de Molay ya está vengado!".

LOS MISTERIOS TEMPLARIOS

Paralelamente a esta historia oficial de los caballeros Templarios, puede rastrearse otra dimensión histórica, más elusiva y misteriosa, cosa que no hizo sino agudizarse con la desaparición de la Orden.

Muchas leyendas orales y textos escritos de la Edad Media relatan que, bajo la apariencia de protectores de los peregrinos, los Templarios realizaban su verdadera y oculta misión: rescatar documentos secretos que se encontraban entre las ruinas de Tierra Santa, misión que llevaron a cabo durante casi una década, excavando entre los escombros, hasta encontrarlos y regresar con ellos a Europa. Esta versión sostiene que fueron justamente esos invaluables documentos secretos -que hasta hoy en día conserva el Priorato de Sión- los que le permitieron desplegar un poder que, según la historia oficial, resulta un tanto difícil de comprender. Se trata de los documentos de Sang-real, de aquello que documenta la estirpe y el linaje de Cristo.

A mediados del siglo XII el peregrino Johann von

Fragmento de la orden de detención de 1307

"Gracias al informe de varias personas dignas de fe hemos sabido una cosa amarga, una cosa deplorable, una cosa que seguramente horroriza pensar y aterroriza escuchar, un crimen detestable, una execrable fechoría, un acto abominable, una espantosa infamia, una cosa completamente inhumana o, más bien, ajena a toda humanidad, ha golpeado nuestros oídos conmoviéndolos con gran estupor y haciéndonos temblar con violento horror; y al sopesar la gravedad, un inmenso dolor va creciendo en nosotros, más cruel todavía desde el momento en que no cabe duda que la enormidad del crimen desborda hasta convertirse en una ofensa para la majestad divina, una vergüenza para la humanidad, un pernicioso ejemplo del mal y un escándalo universal. (...) Hemos sabido recientemente, gracias al informe que nos han facilitado personas dignas de fe, que los Hermanos de la Orden de la Milicia del Temple, ocultando al lobo bajo la apariencia del cordero, y bajo el hábito de la Orden, insultando miserablemente a la religión de nuestra fe, crucificando una vez más en nuestros días a Nuestro Señor Jesucristo, ya crucificado para la redención del género humano, y colmándolo de injurias más graves que las que sufrió en la cruz, cuando ingresan en la Orden y profesan, se les presenta su imagen y, horrible crueldad, le escupen tres veces al rostro, a continuación de lo cual, despojados de los vestidos que llevaban en la vida seglar, desnudos, son conducidos a presencia del que los recibe o de su sustituto y son besados por él, conforme al odioso rito de su Orden, primero en la parte más baja del espinazo, segundo en el ombligo y tercero en la boca, para vergüenza de la dignidad humana. Y después de haber ofendido a la ley divina por caminos tan abominables y actos tan detestables, se obliga por el voto profesado y sin temor a ofender ley humana, a entregarse el uno al otro sin negarse, desde el momento en que sean requeridos para ello, por efecto del vicio de un horrible y espantoso concubinato."

Wurzburg, escribió una crónica de viaje donde relata la visita que había efectuado a los denominados "establos de Salomón" (recordemos que la historia oficial de los Templarios también recoge el hecho de que, ni bien llegaron a Jerusalén, se alojaron en una edificación construida sobre las ruinas del templo de Salomón), situados debajo de las ruinas del templo. En esta cró-

Admisión de un Caballero Templario

nica y en investigaciones de historiadores, se relata que los establos eran suficientemente grandes como para alojar a dos mil caballos y que, en ellos, los Templarios realizaban excavaciones. Recordemos que estamos a mediados del siglo XII, o sea, cuando la Orden estaba en sus inicios, con no más de nueve caballeros. La pregunta que inevitablemente se desprende es: ¿qué hacían los nueve Templarios, supuestamente encargados de velar por la seguridad de los peregrinos, excavando en las ruinas del templo de Salomón? La respuesta, inevitable, es que, sin dudas, buscaban algo, y se supone que fue justamente lo encontrado lo que hizo que una década más tarde entraran triunfantes en Europa y pudieran lograr todo el poder que llegaron a tener. ¿Qué buscaron? ¿Qué encontraron? Hasta el final de la Orden, los Templarios guardaron el secreto de la naturaleza y el paradero de lo hallado. Si ni siquiera mediante torturas le fue arrancada una palabra acerca de lo hallado, cabe muy bien suponer (como lo hicieron muchos investigadores) que los Templarios encontraron y custodiaron algo sumamente precioso, que en nada tenía que ver con un tesoro de naturaleza material como dinero o joyas.

Pero, si bien los miembros de la Orden de los Pobres Caballeros de Cristo y el Templo de Salomón jamás dieron cuenta de la naturaleza de lo encontrado, hacia fines del siglo XII y principios del XIII, varios poemas atribuyeron a los Templarios la misión de vigilar el Santo Grial al tiempo que otros hablan de que los caballeros de la Orden habrían encontrado un tesoro invaluable, imposible de develar y hasta de nombrar, que debían proteger. ¿Por qué debían encontrar y velar por el Santo Grial? Porque así se lo había encomendado el Priorato de Sión, la orden que actuaba por detrás del Temple y que subsiste hasta la actualidad.

EL PRIORATO DE SIÓN

Se trata, tal como ya lo adelantamos, de la orden secreta detrás de los caballeros Templarios. Se la ha conocido con distintas denominaciones, pero la de Prieuré de Sión (Priorato de Sión) es la más conocida. Si bien los Templarios (aún luego de su ejecución en el siglo XIV) siguieron existiendo, el Priorato, por ser una sociedad clandestina, permaneció prácticamente indemne, más allá de la mala suerte corrida por su brazo armado, la orden del Temple. A pesar de la multiplicidad de las luchas internas -muchas veces sangrientas- por las que atravesó, el Priorato ha orquestado entre bambalinas muchos de los acontecimientos más importantes de la historia de Occidente y, aún hoy en día, influye y participa en muchos asuntos internacionales de alto nivel, especialmente en el continente europeo. Su dirección fue llevada a cabo por Grandes Maestres, entre los que se encuentran los hombres más ilustres de la cultura occidental.

Pero volvamos al principio. El Priorato de Sión fue fundado en Jerusalén en el año 1099, por el rey francés Godofredo de Bouillon, sobre la abadía de Notre Dame du mont Sión. Poco se sabe de este lugar, más allá de que fue fundado por el mismo Godofredo y que dio cobijo a la orden de Sión. Ya desde su fundación, la orden tuvo un poder considerable (siempre entre bastidores, por supuesto) y se ha llegado a afirmar que los reyes de la ciudad santa debían su trono a esta enigmática sociedad.

Hacia 1152 se trasladan a Francia y toman caminos distintos. Algunos se instalan en el gran Priorato de Saint-Samson, en Orléans, otros se incorporan a la Orden del Temple y otro grupo entra al "pequeño Priorato del monte Sión", situado en Saint Jean le Blanc, en la periferia de Orléans. Los archivos municipales de esta ciudad, guardan documentos que certifican que Luis VII instaló la Orden de Sión en Orléans así como también se conserva en el mismo lugar la bula papal de 1178, promulgada por el Papa Alejandro III, en la que se confirman de manera oficial las propiedades de la orden situadas en España, Francia, Italia y Tierra Santa.

Otra "oleada" de miembros de la orden de Sión llega desde Tierra Santa a Francia en 1188, un año después de la caída de Jerusalén en manos musulmanas, fecha en que se produce también una separación entre los caballeros Templarios y los miembros del Priorato que resulta definitiva. Según éste último, la pérdida de Tierra Santa sería en gran parte culpa de la Orden del Temple, y más concretamente su Maestre Gérard de Ridefort, al que los documentos Prieuré acusan de traición. Éste arrastró al los Templarios a combatir en la batalla de los Cuernos de Hattin, que significó un autentico desastre para los cruzados y propició la caída de Jerusalén. La situación derivaría en que la Orden de Sión se trasladaría a Francia, abandonando a los Templarios a su suerte. La ruptura de relaciones se simbolizó mediante la tala de un olmo de ochocientos años en la ciudad de Gisors.

Pero los cambios de 1188 fueron más allá de la separación de las dos alas y de la simbólica tala del olmo. Hasta ese año, tanto los Templarios como los miembros de la Orden de Sión compartían el mismo Gran Maestre, que presidía simultáneamente ambas organizaciones. A partir de 1188 la orden de Sión seleccionaría su propio Gran Maestre, de manera totalmente independiente al de la orden del Temple. Según los documentos Prieuré, Jean de Gisors fue el primer Gran Maestre. Se trataba de un noble que nació en 1133 y murió en 1220, terrateniente sumamente poderoso, que fue señor nominal de la fortaleza de Normandía, donde se realizaban las entrevistas entre los reyes de Francia e Inglaterra.

Otra modificación efectuada ese mismo año fue la vinculada al nombre: pasaron de ser la Orden de Sión a denominarse Priorato de Sión.

El Gran Maestre de *El código da Vinci*: su cara visible

Paradigma absoluto del genio, Leonardo nace en 1452, en la región de Toscana, Italia. Fue el arquetipo por excelencia del hombre integral del renacimiento: pintor, dibujante, escultor, ingeniero, arquitecto, inventor, músico y filósofo, su enorme curiosidad (motor innegable de todos sus logros) se manifestó muy tempranamente, dibujando animales mitológicos de su propia invención, inspirados en una profunda observación del entorno natural en que creció.

A los 14 años ingresa como aprendiz en el taller de Andrea del Verrocchio, en donde durante seis años aprende pintura, escultura, técnicas y mecánicas de la creación artística, mientras que en el taller de Antonio Pollaiuollo hace sus primeros estudios de anatomía; se supone que es también allí donde se inicia en el conocimiento del latín y el griego.

El primer trabajo suyo del que se tiene certera noticia fue la construcción de la esfera de cobre proyectada por Brunelleschi para coronar la iglesia de Santa María del Fiore, en Florencia.

Esa ciudad era entonces una de las urbes más ricas de Europa y allí los Médici habían establecido una corte cuyo esplendor se debía, en gran medida, a los artistas con los que contaba. Leonardo forma parte de ella pero, al comprobar que no consigue de Lorenzo de Médici más que alabanzas a sus virtudes de buen cortesano, decide buscar otros horizontes. Tiene entonces treinta años y se traslada a Milán, donde se presenta ante el poderoso Ludovico Sforza, hombre fuerte de Milán, en cuya corte permanecerá diecisiete años. Allí, aunque su ocupación principal es la de ingeniero militar, sus proyectos, casi todos irrealizados, además de la pintura, abarcan la mecánica (con un innovador sistema de palancas para multiplicar la fuerza humana), la hidráulica y la pintura. Siguiendo las bases de Piero della Francesca y León Bautista Alberti, comienza sus valiosos apuntes para la formulación de una ciencia de la pintura, al tiempo que se ejercita en la fabricación y ejecución de laúdes, realiza planos para canalizaciones de ríos e idea ingeniosos sistemas de defensa contra la artillería enemiga. En 1494, Leonardo ilustra el tratado *Divina proportione* de Luca Pacioli, matemático amigo, y sostiene que a través de una atenta observación deben reconocerse los objetos en su forma y estructura para describirlos en la pintura de la manera más exacta. De esta manera, el dibujo se convierte en el instrumento básico de su método didáctico, de modo tal que puede decirse que en sus apuntes el texto está para explicar al dibujo y no a la inversa; por esa razón, se considera a

Leonardo el creador de la moderna ilustración científica.

Leonardo Da Vinci

Aunque no parece haberse preocupado demasiado por crear su propia escuela, en su taller milanés se genera poco a poco un grupo de fieles discípulos: Andrea Solari, Giovanni Boltraffio, etcétera. Es también para fines del siglo XV que emprende la realización de *La virgen de las rocas* y *La última cena*. Este último mural se convirtió no sólo en un celebrado ícono cristiano, sino también en un objeto de peregrinación para artistas de todo el continente.

Hacia 1499 los franceses entran en Milán, Ludovico pierde el poder y Leonardo abandona la ciudad para trasladarse a Venecia, donde es contratado como ingeniero por la Signoria de la ciudad, que estaba siendo amenazada por los turcos. En pocas semanas, proyecta una cantidad de artefactos cuya realización concreta no se hará sino, en muchos casos, hasta estos dos últimos siglos (entre ellos, barcos con doble pared para resistir las embestidas, grandes piezas de artillería con proyectiles de acción retardada y una suerte de submarino individual). Factores diversos hacen que nada de esto pase de un proyecto y, en abril de 1500, vuelve a Florencia tras veinte años de ausencia. Allí, nuevamente como ingeniero militar, se pone al servicio de Cesar Borgia, quien al poco tiempo cae en desgracia y enfermo. A esa altura, Leonardo ya es reconocido como uno de los mayores maestros de Italia con sus obras (además de las ya mencionadas): *Santa Ana, la Virgen y el Niño, Leda y el cisne* y el cuadro más famoso de la historia de la pintura: *La Gioconda o Mona Lisa*. Obra famosa desde el momento de su creación y modelo absoluto de retrato, ni siquiera se conoce quien lo encargó, pero se sabe que fue vendido por su autor por 4000 piezas de oro al rey Francisco I de Francia. Entre otros factores, el cuadro es famoso por su enigmática sonrisa que, según la leyenda, el pintor provocaba en su modelo mediante el sonido de laúdes.

Entretanto, el interés de Leonardo por los estudios científicos es cada vez más intenso: asiste a disecciones de cadáveres, sobre los que confecciona dibujos para describir la estructura y funcionamiento del cuerpo humano; realiza observaciones sistemáticas del vuelo de los pájaros, guiado por la convicción de que el hombre también podía volar; y, años más tarde, regresa a Milán cuando su gobernador francés, Charles d´Amboise, le ofrece el cargo de arquitecto y pintor de la corte. A partir de 1517 su salud, hasta entonces inquebrantable, comienza a desmejorar (entre otras cosas, su brazo derecho queda paralizado) y el 2 de mayo de 1519 muere en Cloux.

EL GRAN MAESTRE DE *EL CÓDIGO DA VINCI*: SU CARA OCULTA

Aunque bastante poco conocida, existió en Leonardo una dimensión esotérica que emana de su figura y que impregna toda su vida y su obra. El conocimiento que tenía sobre lo oculto se trasluce en su pintura y, además, en sus abundantes escritos, plagados de pensamientos y observaciones en clave, que revelan su saber sobre los enigmas de la vida y el universo... y sobre la existencia de la verdadera naturaleza de la relación entre María Magdalena y Jesús y, por supuesto, en tanto miembro del Priorato de Sión, del Santo Grial.

Hoy en día, la bioenergética sabe que el ADN de una persona está contenido en una sola célula, y la física cuántica afirma

La *Mona Lisa*, el más famoso cuadro de Leonardo

que toda la formación del universo está también impresa en un solo átomo. Leonardo escribió: "este es el verdadero milagro: que todas las formas, todas las imágenes de cada parte del Universo estén contenidas en un solo punto", afirmación muy similar al enunciando del sistema holográfico que hizo el físico David Bohm. ¿Cómo pudo Leonardo percibir algo que sólo muchos siglos después la ciencia sabría sólo con la utilización de poderosísimos instrumentos técnicos?

Por otro lado, los intereses esotéricos del pintor han quedado demostrados. No pocos investigadores lo caracterizan como una suerte de "rosacruz primitivo", y Giorgio Vasari (artista plástico y biógrafo, amén contemporáneo de Leonardo) dijo de él que tenía una "mentalidad herética".

Pero, tal como lo plantea *El código da Vinci*, buena parte de la obra pictórica del genio toscano permite una suerte de "doble lectura": aquella más obvia, perceptible para la gran mayoría de la gente, y una menos visible reservada a quienes saben buscar y revelar secretos.

Por ejemplo, en *La última cena*, la figura a la derecha de Jesús, puesto de honor, no es un joven, sino una mujer, concretamente, María Magdalena. Varios detalles -aún menores- confirman este hecho: uno va vestido casi como reflejo del otro, o sea, las ropas de Magdalena son el reflejo invertido de las de Cristo; aparecen unidos por las caderas e inclinados en direcciones opuestas, conformando una suerte de "embudo", muy similar al símbolo del vientre femenino, el cáliz y el Grial en tanto copa, receptáculo. Además, este velado simbolismo aparece hacia el centro de la obra (lo cual le hace tomar un carácter, valga la redundancia, central), pero no totalmente sino levemente desplazado hacia el lado izquierdo de quien mira el cuadro, lado que se asocia con lo femenino, de la misma manera en que el lado derecho se asocia a lo masculino. Y gran parte de los celos y el resentimiento que Pedro sentía hacia Magdalena, y

Algunos simbolismos expuestos en *La •Itima cena*, está basado en los Evangelios Gnósticos

que aparece claramente en los Evangelios Gnósticos, también se hace presente en este mural, ya que el canto de la mano del apóstol amenaza el frágil cuello de Magdalena como si fuera una cuchilla.

Otra lectura "transversal" que se ha hecho acerca de esta obra es que al visualizarse, de hecho, dos Cristos virtualmente idénticos, estaría operando como una suerte de confesión de que Leonardo adscribiría a una antigua idea "sacrílega", según la cual, Jesús tendría un hermano gemelo.

En *La Virgen de las rocas* (más allá de la obvia lectura de que se trata de la Virgen María, Uriel, San Juan Bautista niño y el niño Jesús buscando cobijo en una cueva) pueden verse otras cosas, especialmente, relaciones "no convencionales" entre los personajes. En contra de la escena habitual (en la cual Jesús bendice a Juan) en el caso de este cuadro se da lo contrario, se ve a la Virgen amenazando a Juan con una mano levantada sobre la cabeza de éste y, por último, debajo de los dedos curvados de María, se visualiza a Uriel en actitud similar a realizar un corte, precisamente, de aquello invisible que la Virgen pareciera sujetar con sus manos a modo de garras.

En la *Mona Lisa*, la búsqueda y el encuentro de los simbolismos velados se hace, por decirlo de alguna manera, más complejo, ya que no se trata de avizar la mirada sobre los detalles visuales, sino de jugar con las palabras, tal como sabía hacerlo el gran maestro italiano, para conjugar, en este caso, el pagano pasado egipcio y su realidad del renacimiento italiano. El mensaje oculto está, en realidad, en el título de la obra y es el siguiente: Amón e Isis fueron una de las parejas más famosas de la mitología del antiguo Egipto. Amón era el dios de la fertilidad e Isis, su contraparte femenina. Durante mucho tiempo, el pictograma de esta deidad, fue L´ISA, con lo cual la pareja mitológica era AMON L´ISA, sospechosamente similar a Mona Lisa, lo que convierte el nombre de esta obra en una anagrama alegórico de arquetipos de esposos sagrados, de la divina unión de lo masculino y femenino. Este último aspecto se ve, además, notoriamente reforzado por la androginia de la famosa imagen que posee la sonrisa más enigmática de todos los tiempos.

EL SANTO GRIAL

Tal como lo señalamos más arriba, el Santo Grial fue el nexo que unió a los caballeros Templarios con el Priorato de Sión. A este "objeto" también se vincula el tema central de *El Código da Vinci*: entender qué es y qué representa el Santo Grial es lo que ocupa buena parte de sus páginas.
Tal como se explicita en el libro:

> *"El Santo Grial es probablemente el tesoro más buscado de la humanidad. Ha suscitado leyendas, provocado guerras y búsquedas que han durado vida enteras."*

Pero... ¿qué es concretamente El Santo Grial? Lo cierto es que no es una pregunta de respuesta simple.
A lo largo de los siglos el Grial fue un objeto misterioso y

Búsqueda del Grial

"Para algunos, el Grial es un cáliz que les concederá la vida eterna. Para otros, es la búsqueda de los documentos perdidos y de la historia secreta. Para la mayoría, se trata sólo de una gran idea... un tesoro glorioso e inalcanzable que, en cierta manera, incluso en nuestro caótico mundo de hoy nos inspira (...). La búsqueda del Grial es literalmente el intento de arrodillarse ante los huesos de María Magdalena. Un viaje para orar a los pies de la descastada, de la divinidad femenina perdida." (El código da Vinci)

escurridizo, un concepto amplio que de hecho, sigue siéndolo. Según algunas tradiciones, fue la copa en que bebieron Jesús y sus discípulos en la última cena. Otras sostienen que fue la copa donde José de Arimatea recogió y guardó la sangre de Cristo crucificado, para luego llevarla a Inglaterra, más concretamente a Glastonbury. Una tercera afirma que fue ambas cosas. Algunas versiones hablan de todo ello, pero colocan a María Magdalena en el lugar de José de Arimatea. El Grial también fue piedra venida del cielo, depósito de reliquias, libro secreto, maná celestial, una mesa.

Y, por supuesto, sangre real materializada en un hijo, cosa que siempre se ha querido ocultar y que plantea *El código da Vinci*. Pero para llegar a la historia oculta acerca del Grial, se hace imprescindible revisar la de su historia pública, ya que durante siglos el Grial, fuera lo que fuera, estuvo en obras literarias, boca de trovadores y leyendas populares.

EL GRIAL EN LOS ROMANCES

Durante el primer milenio de nuestra era, el silencio acerca del Grial resulta verdaderamente importante. Prácticamente no se conoce texto de ninguna naturaleza (poético, narrativo, teatral, etcétera) donde se aluda a su existencia. Es recién en el siglo XII cuando el Santo Grial comienza a hacer su aparición en textos varios. Por supuesto, tal como veremos, no es una fecha casual sino que está íntimamente ligada (como no podía ser de otra manera) a los dos restantes protagonistas de este capítulo: la Orden de los Templarios y el Priorato de Sión.

Los romances (extensos poemas narrativos) sobre el Grial se apoyan, esencialmente y en su principio, en cimientos paganos relacionados con la naturaleza, el ciclo de las estaciones, el nacimiento, la muerte y el renacimiento, etcétera. Nuevamente, estamos aquí más cerca del culto a la diosa y de todas las concepciones que ello implica que de la preceptiva de la ortodoxia cristiana que se impone luego del concilio de Nicea. Ese fue el carácter de los romances relativos al Grial que circularon en su primera época, básicamente mediante transmisión oral.

A medida que avanzaba la Edad Media (y como reliquia vinculada místicamente a Jesús) el Grial engendró un gran volumen de romances, ya éstos sí, escritos. Pero tampoco en ellos puede rastrearse de manera unívoca qué cosa es, concretamente, el Grial.

Los más antiguos datan de los siglos XII y XIII, y surgen en la corte del conde de Champagne, curiosamente, quien se supone fundador de la orden de los Templarios. Pero no es ésta la única vinculación entre los Templarios y los romances del Grial. El momento en el que estos romances florecieron y dieron paso a un culto coincide con el lapso de duración de la Orden del Temple, luego de que se separa del Priorato de Sión en 1188. Con la caída de la Tierra Santa en 1291 y la disolución de los Templarios en 1307, los romances del Grial también desaparecieron del escenario de la historia por un poco más de dos siglos, hasta que fueron retomados en 1470 por sir Thomas Malory en *La muerte de Arturo,* y desde esa fecha ocupan un lugar de preeminencia en la cultura occidental.

Pero volvamos a los antiguos romances de los siglo XII y XIII.

Según los estudiosos en la materia, el primer romance auténtico sobre el Grial es de 1188, o sea, justamente del año de ruptura entre la Orden del Temple y la Prieuré de Sion. Se trata de *Le roman de Perceval* o *Le conte del Graal*. Su autor fue Chrétien de Troyes, miembro de la corte del conde de Champagne, y su obra constituye una suerte de prototipo sobre el que se realizarán las variaciones ulteriores. Se trata de una texto por demás misterioso y abierto, intrigante, y que puede ser interpretado de diversas maneras. Todas esas características, inevitablemente, se acentúan al tratarse de un trabajo inacabado, ya que Chrétien murió en 1188 y no se sabe a ciencia cierta si falleció sin acabar su romance o si, habiéndolo terminado, no se conserva ninguna copia completa, esto último muy probable, ya que el mismo año en que se separan Templarios y miembros del Priorato y muere Chrétien, también se incendia Troyes. *Le roman de Perceval* o *Le conte del Graal*, se sitúa temporalmente en un momento indeterminado de la época de Arturo y es protagonizado por Perceval (a quien se describe como "Hijo de la Dama Viuda") quien abandona a su madre y parte en busca de su título de caballero; en su periplo se encuentra con un enigmático pescador -el "Rey Pescador"- quien le ofrece su castillo para pernoctar y es en esa circunstancia cuando aparece el Grial. A ciencia cierta, el romance ni siquiera deja en claro de qué cosa se trata, además de que en esta primera versión no se establece ningún vínculo entre el Grial (sea lo que fuere) y Cristo. Pero el Grial aparece y resulta ser de oro, tener gemas y ser transportado por una dama; el protagonista ignora que el Grial le ha sido presentado para que él le haga una pregunta: "¿a quién se sirve con él?", interrogante ambiguo si los hay. Igualmente, Perceval no realiza la pregunta y, al día siguiente, cuando despierta, el castillo se encuentra vacío. Más adelante, se entera de que el haber omitido la pregunta ha sido causa de un desastroso infortunio en la tierra; también llega a su conocimiento el hecho de que él mismo es de la "familia del Grial" y de que el misterioso pescador era su propio tío. En un momento, y a raíz de la desafortunada experiencia con el Grial, el protagonista confiesa que ha dejado de amar a Dios o de creer en él.

A partir de la narración de Chrétien, el tema se propagaría a otras múltiples producciones literarias europeas, con algunas características que esta primera no poseía; básicamente, el vincular el tema del Grial al rey Arturo y a Jesús.

Uno de ellos fue *Roman de l'estoire dou Saint Grial*, compuesto por Robert de Boron, presuntamente entre 1190 y 1199. En esta versión el Grial ya es, plenamente un símbolo cristiano. En ella, el autor alude al Grial como la copa que se usó en la última cena, para luego pasar a manos de José de Arimatea, quien la llenó con la sangre de Jesús cuando este fue bajado de la cruz. Es esa sangre sagrada lo que concede al Grial una cualidad mágica. La narración prosigue con el relato de como, después de la crucifixión, la familia de José de Arimatea se encargó de la custodia del Grial. Para el autor, las leyendas y romances acerca de ese objeto se refieren a las vicisitudes de esa familia. De esa manera, se dice que Galahad es hijo de José de Arimatea y el Grial pasa a poder del cuñado de Jesús (Brons), que lo traslada a Inglaterra y se convierte en Rey Pescador. De manera similar a *Le roman de Perceval* o *Le conte del Graal*, Perceval es el "Hijo de la Dama Viuda", pero en esta versión es, además, nieto del Rey Pescador. Contrariamente al romance de Chrétien, el de Boron no transcurre en la época de Arturo, sino tiempos de José de Arimatea.

Otro romance sobre el Grial es *Perlesvaus*, de autor anónimo, compuesto aproximadamente en la misma época que el de Boron, y con mucho de común entre ambos.

En esta versión, que transcurre en tiempos de Arturo, Perceval, vagabundeando, llega a un castillo que aloja a un grupo de iniciados vinculados al Grial y es recibido por dos maestres que, al

Los Caballeros Templarios, custodios del Santo Grial.

igual que el resto del grupo, van vestidos de blanco y con una cruz roja en mitad del pecho. Uno de estos maestres afirma haber visto personalmente el Grial y estar familiarizado con el linaje de Perceval. A lo largo del texto, Perceval aparece referenciado como del linaje de José de Arimatea. Respecto al anonimato de su autor, se conjetura que pudo haber sido algún caballero templario, entre otras cosas, por el conocimiento extraordinariamente detallado que evidencia acerca de las realidades del combate: tácticas y estrategias, armas y armaduras, etcétera. Otros detalles de la obra resultan por demás fascinantes, por decirlo de algún modo. Uno de ellos es la abundancia de elementos vinculados a la magia y a la alquimia, así como también alusiones de orden pagano o, directamente, herético, que reflejan buena parte de las "calumnias" acerca de los Templarios y/o del pensamiento gnóstico. ¿Qué es el Grial en esta tercera versión? Pregunta un tanto compleja de responder. En realidad en *Perlesvaus* el tan mentando objeto no es sino una cambiante secuencia de imágenes o visiones que pueden interpretarse como distintas cosas, o como los diferentes niveles de una misma: un rey coronado y crucificado, un niño, un hombre que lleva una corona de espinas en la frente y que sangra en varios lugares de su cuerpo, una manifestación no específica y, finalmente, un cáliz. Algunos estudiosos de este texto han señalado que, en realidad, los distintos elementos aluden metafóricamente a un linaje o ciertos individuos de él. Y, por supuesto, también puede leerse como las imágenes generadas por alguna experiencia de iluminación gnóstica.

Parzival, compuesto entre 1195 y 1216 por Wolfram von Eschenbach, es considerado el más famoso y significativo de los romances de la época sobre el Santo Grial. Si bien la casi infinita riqueza de esta obra y, con ello, la inmensa multiplicidad de interpretaciones y comentarios que ha suscitado a lo largo de los siglos, hace imposible que se dé cuenta de todo ello en este volumen, a continuación presentamos una suerte de resumen.

En su principio, el autor afirma que la versión de Chretién está equivocada, mientras que la suya es correcta, a tal punto que puede ser considerada una suerte de "documento de iniciación" en tanto es depositaria de un secreto. Sostiene esto sobre la base de que ha recibido información privilegiada de un tal Kyot de Provenza quien, a su vez, la obtuvo de un tal Flegetanis, personajes que hasta el día de hoy los investigadores no han podido determinar si existieron de verdad o son entidades ficticias. Sin embargo, se supone que Kyot de Provenza era Guiot de Provins, monje trovador y portavoz de los Templarios que visitó Alemania en 1184, donde pudo muy bien conocer a von Eschenbach.

Como en las anteriores versiones, en ésta Parzival es su protagonista, y los custodios del Grial y la familia del Grial son Templarios que llaman a su servicio a ciertos individuos a los que es preciso iniciar en alguna suerte de misterio para enviarlos, luego, en misión al mundo a fin de que hagan cosas en su nombre y, a veces, de que ocupen un trono. En su mayor parte, la acción transcurre en Francia, ya que el autor asegura que Camelot, la corte del rey Arturo, se encuentra situada en Nantes.

Y la pregunta obligada es: ¿qué es el Grial en esta versión? Lo que queda en claro cuando se lee detenidamente la totalidad del poema es que para el autor el Grial no es simplemente un objeto de mistificación gratuita, sino una suerte de medio de ocultar algo de trascendental importancia. A lo largo de sus líneas y líneas, von Eschenbach incita una y otra vez a sus lectores a leer lo que se encuentra velado entrelíneas al tiempo que reitera de manera constante la apremiante necesidad de guardar el secreto. Y el Grial, nuevamente, resulta en este texto algo elusivo y vago. Por momentos parece ser una especie de cuerno de la abundancia pero un tío de Parzival comenta que tiene la capacidad de convertirse en algo más poderoso: una piedra con poderes extraordinarios, tales como conferir una suerte de juventud eterna "tal poder da la piedra a un hombre que la carne y los huesos vuelven enseguida a ser jóvenes"). Los eruditos han supuesto diferentes cosas acerca de esta piedra-Grial que recibe asimismo el nombre de lapsit exillis: una deformación de "lapsit ex caelis", o sea, "cayó de los cielos" o bien una corrup-

Parzival, uno de los tantos romances que relata la historia del Santo Grial

ción de la expresión "lapis elixir", esto es, la fabulosa piedra filosofal de la alquimia. La misma idea de piedra es, además, de alto simbolismo para el cristianismo. Jesús, en el Nuevo Testamento, se equipara a con "la piedra angular olvidada por los constructores", y Pedro es la piedra o roca sobre la que Cristo construye su iglesia.

OTRO SANTO GRIAL, ¿EL VERDADERO?

La idea de que el Grial es la línea de sangre de Cristo y el origen de su linaje familiar es más moderna que las anteriores. Si bien, por supuesto, Templarios y Prioratos la conocían desde hace siglos (y también la Iglesia, que trata de ocultarla), y sus miembros dejaron constancia de este conocimiento en obras de arte, lo cierto es que los investigadores que han llegado a esa conclusión son, prácticamente, contemporáneos a nosotros.

Y no necesariamente las ideas anteriores acerca del Grial deben contraponerse a ésta que acabamos de mencionar. Por ejemplo, algunas de las historias y lecturas acerca del Santo

Grial, tal como la de ser la copa que recogió la sangre de Cristo, bien pueden ser de carácter plenamente metafórico. Una metáfora, una alegoría, un símbolo velado de algo -si se puede- mucho más poderoso: recoger la sangre de Cristo sería, en este caso, recoger y resguardar esa sangre real materializada en un hijo (hija, en realidad) y en toda una descendencia.

Y todo ello, recogido en unos valiosos y secretos documentos: los documentos de Sangreal, crónicas que relatan los días de María Magdalena en Francia, incluido el nacimiento de su hija Sarah y de su descendencia a modo de árbol genealógico. Pero no se trata solamente de eso, lo cual no sería poca cosa, por supuesto. Los documentos de Sangreal contienen, además, decenas de miles de páginas de información anteriores a la época de Constantino -y, por lo tanto, al concilio de Nicea- acerca de ese Cristo humano al que aludíamos en el capítulo I. Se trata de lo que se conoce como "documentos puristas". Hasta se ha llegado a la hipótesis (por el momento no comprobada) que esos documentos hasta contendrían escritos de puño y letra del mismo Jesús. Justamente, fue el tesoro de esos documentos lo que los Templarios recogieron del templo de Salomón y llevaron al continente europeo.

Pero los caballeros de la Orden del Temple no iban únicamente en la busca de documentos. En el mismo lugar estaba también la tumba con los restos de María Magdalena. Su viaje fue entonces, y sobre todo, un periplo para orar ante los pies de la divinidad femenina perdida y ocultada.

El Santo Grial es en realidad, entonces, dos cosas a la vez. Por un lado, la estirpe y los descendientes de Cristo, la Sangre Real, cuya custodia le fue encomendada a los caballeros de la Orden del Temple, orden creada por el Priorato de Sión. Al mismo tiempo, sería literalmente el receptáculo que recibió y contuvo la sangre de Jesús, o sea, el vientre de María Magdalena y, por extensión, la propia Magdalena.

MÁS ALLÁ
DEL CÓDIGO
DA VINCI

CAPÍTULO 3

EL PRIORATO
DE SIÓN
DEL SIGLO XII
A LA
ACTUALIDAD

EL PRIORATO DE SIÓN
DEL SIGLO XII A LA ACTUALIDAD

En el capítulo anterior nos ocupamos, además del Santo Grial, de los Templarios y el Priorato de Sión. ¿Qué sucedió después de la Edad Media con ambas órdenes? Algo ya hemos adelantado al respecto.

Los Templarios, por ser el brazo armado que actuaba a la luz del día, y sin ocultarse, fueron prácticamente exterminados, aunque no del todo. Actualmente, varias organizaciones se adjudican la pertenencia a la Orden, por ejemplo la Ordo Supremus Militaris Templi Hierosolymitani (que reúne caballeros de Argentina, Colombia, Chile, Uruguay y Estados Unidos), los Rovers (de México), la Orden de Jacques de Molay (en Estados Unidos) y la Corte de Chevaliers Templarios de Sul de Minas.

Siempre en la sombra (aunque no tanto a partir de 1956, como se verá un poco más adelante) actualmente el Priorato de Sion tiene la misión de proteger los documentos de Sangreal, hacer otro tanto con la tumba de María Magdalena y proteger el linaje de Jesús, o sea, los miembros de la dinastía merovingia que se encuentran todavía entre nosotros.

Pero... ¿cómo llega La Prieuré de Sion desde sus tiempos de origen hasta los inicios del siglo XXI?

A lo largo de los siglos, y tal como se podrá apreciar más adelante, su subsistencia se hizo de manera secreta, entre bastidores, y con la presencia de un hombre o, eventualmente, una mujer importante ocupando el cargo de Gran Maestre. En general, tal como se podrá apreciar en el listado que aparece más abajo, todo Gran Maestre estuvo vinculado al poder político de su época, perteneció a alguna sociedad secreta, participó de misterios alquímicos, fue un artista relevante... e, incluso, varias de estas cosas a la vez.

Isaac Newton (izquierda),
Wolfgang Amadeus Mozart
(arriba) y Víctor Hugo (abajo),
tres Grandes Maestres del
Priorato de Sión.

LOS GRANDES MAESTRES
DEL PRIORATO DE SIÓN

Tal como lo adelantamos, entre los Grandes Maestres del
Priorato figuran personajes fundamentales de la historia de la
humanidad. A continuación, ofrecemos la lista completa de ellos,
desde Jean de Gisors hasta el último conocido, el escritor francés
Jean Cocteau.

GRANDES MAESTRES

El siguiente listado forma parte de los denominados Les Dossiers Secrets, hallados en la Biblioteque Nationale de París.

Jean de Gisors	1188-1220
Marie de Saint-Clair	1220-1266
Guillaume de Gisors	1266-1307
Edouard de Bar	1307-1336
Jeanne de Bar	1336-1351
Jean de Saint-Clair	1351-1366
Blanche d´Evreux	1366-1398
Nicolas Flamel	1398-1418
René de Anjou	1418-1480
Iolande de Bar	1480-1483
Sandro Botticelli	1483-1510
Leonardo Da Vinci	1510-1519
Connétable de Bourbon	1519-1527
Ferdinad de Gonzague	1527-1575
Louis de Nevers	1575-1595
Robert Fludd	1595-1637
Johann Valentin Andrea	1637-1654
Robert Boyle	1654-1691
Isaac Newton	1691-1727
Charles Radclyffe	1727-1746
Charles de Lorena	1746-1780
Maximilian de Lorena	1780-1801
Charles Nodier	1801-1844
Victor Hugo	1844-1885
Claude Debussy	1885-1918
Jean Cocteau	1918-1963

Breve noticia biográfica de los Grandes Maestres

● **Jean de Gisors**: primer gran maestro independiente del Priorato, nació en 1133 y murió en 1220.

● **Marie de Saint-Clair**: nacida alrededor de 1192, en Escocia, era descendiente de Henri de Saint-Clair, barón de Rosslyn, quien acompañó a Godofrede de Bouillon en la primera cruzada. Algunas pruebas no conclusivas indican de que, además, podría haber sido la segunda esposa de Jean de Guisors.

● **Guillaume de Gisors**: nieto del Jean de Gisors, nació en 1219 y poco se conoce acerca de él, salvo el hecho de que fue iniciado en la Orden del Barco y la Doble Media Luna en 1269, ambas creadas por Luis IX para los caballeros que lo acompañaron en la sexta cruzada.

● **Edouard de Bar**: nacido en 1302, era conde de Bar, nieto de Eduardo I de Inglaterra y sobrino de Eduardo II. También es altamente probable (aunque no del todo seguro) que estuviera relacionado con la dinastía merovingia. Luego, su hija, al casarse, entró en la casa de Lorena, lo que hizo que a partir de allí las genealogías de Bar y Lorena aparecieran entremezcladas. Participó de batallas y operaciones militares, y compró el señorío de Stenay a uno de sus tíos, Jean de Bar. Muere en 1336, en un naufragio en la costa de Chipre. Si, tal como afirman los documentos Prieuré, Edouard ocupó su cargo de Gran Maestre a la edad de cinco años, es posible que su tío, Jean de Bar, lo supliera hasta su mayoría de edad. El hecho de nombrar Gran Maestre a un menor se supone vinculado al hecho de la herencia o de la descendencia de sangre (recordar su vinculación probable con la dinastía merovingia).

- **Jeanne de Bar**: hija mayor de Edouard, nació en Francia en 1295 y murió en 1361 en Londres. A los quince años, contrajo matrimonio con el conde de Warren, Surrey, Sussex y Strathern y se divorció de él al cabo de unos pocos años. Parece ser que disfrutó de muy buenas relaciones con el trono inglés, así como también con el francés, lo cual hacía que, según las circunstancias personales y políticas, viviera en uno u otro país. Al presidir el Priorato hasta diez años antes de su muerte, se supone que es la única figura de los Grandes Maestres que abdicó.

- **Jean de Saint-Clair**: nacida alrededor de 1329, no parece haber sido un personaje verdaderamente importante. El hecho de que alguien tan "insignificante" haya ocupado el cargo ha inducido a pensar a los investigadores que, todavía en esa época, el cargo de Gran Maestre circulaba exclusivamente entre una red de familias vinculadas entre sí.

- **Blanche de Evreux**: nacida en 1332 era, en realidad, Blanca de Navarra, hija del rey de Navarra. Muere en 1398. De su padre heredó los condados de Longueville y Evreux (contiguos a Gisors) y se casó con Felipe VI de Francia. Según numerosas leyendas, estaba vinculada a la alquimia y se habla hasta de la existencia de laboratorios en sus castillos. También existían rumores de que protegía a Nicolas Flamel.

- **Nicolas Flamel**: famoso alquimista medieval. Si bien no se tienen datos absolutamente certeros sobre su nacimiento y su muerte, se cree que el primero se produjo en 1330 cerca de Pontoise y que murió en 1418. Su nombre es el primero de la lista de los Grandes Maestres que no está afiliado por sangre con las genealogías de los documentos Prieuré. Si bien provenía de una familia muy humilde, alcanzó a recibir la educación de un letrado. Entre sus escritos más célebres se cuentan *Escritos alquímicos* y *El Deseo deseado/Janus Lacinius Therapus: fórmula y método para perfeccionar los metales viles*, pero la que se considera su obra capital es *El libro de las figuras jeroglíficas*. Se trata del más famoso de los textos alquímicos occidentales, y fue escrito para aportar nuevas luces sobre el tema del Elixir de Larga Vida. Según los estudiosos de la historia de la alquimia, Flamel se habría basado en el sagrado libro de Abraham el judío, príncipe, sacerdote, levita, astrólogo y filósofo de aquella tribu de judíos que por la ira de Dios fueron dispersados entre los galos para escribirlo, una de las obras más famosas de la tradición esotérica universal. Se dice que su original fue depositado en la biblioteca del Arsenal de París

● **René de Anjou**: nacido en 1408 , pasó a ser Gran Maestre de Sión en 1418, a la edad de diez años, y fue su tío Luis, cardenal de Bar, quien ejerció la regencia durante ese lapso. Fue un hombre sumamente importante en los tiempos que le tocó vivir y, para ello, baste hacer un listado de sus títulos: rey de Hungría, rey de Nápoles y Sicilia, rey de Aragón, Valencia, Mallorca y Cerdeña, rey de Jerusalén, conde de Bar, conde de Piamonte, conde de Guisa, conde de Provenza, duque de Anjou, duque de Calabria y duque de Lorena. El título de rey de Jerusalén -aunque fuera una categoría totalmente nominal- hace pensar en una continuidad con Godofredo de Bouillon. En 1445, una de sus hijas se casó con Enrique VI de Inglaterra.

● **Iolande de Bar**: hija de René de Anjou, nace alrededor de 1428. En 1445 contrae matrimonio con Ferri, señor de Sión-Valdemont y, tras la muerte de su esposo, Iolande pasa la mayor parte de su vida en Sión-Valdemont, que bajo sus auspicios deja de ser un centro de peregrinaciones locales para convertirse en un lugar sagrado para toda Lorena. Posteriormente, su hijo René se convirtió en duque de Lorena y, siguiendo instrucciones de sus padres, fue educado en Florencia; su preceptor Georges Antoine Vespucci fue uno de los principales patrones y protectores de Botticelli.

El nacimiento de Venus de Botticelli (detalle)

● **Sandro Botticelli**: nacido con el nombre de Alessandro di Mariano di Vanni Filipepi, en Florencia (no se sabe a ciencia cierta si en 1444 ó 1445). En su temprana juventud se dedició a la profesión de orfebre aunque, a principios de los ´60, la abandonó definitivamente para dedicarse a la pintura. Fue discípulo de Filippo Lippi, artista florentino de gran renombre. Precisamente, el estilo con que su maestro retrataba madonnas influyó notablemente en el joven. Su primer trabajo le fue encomendado en 1470 y se trataba de pintar una figura de la Fortaleza para integrar una serie de siete virtudes que adornarían la Cámara de Consejo de la Corporación de Mercaderes. Fue un pintor de éxito, que sirvió en la corte de los Médici, pero a partir de 1490 comenzó a declinar y murió en la soledad, en 1510. Su obra más famosas es, sin dudas, *El nacimiento de Venus*, en la que se ve a la diosa del amor que nace de la espuma formada sobre el mar, después de ser fecundada por el cielo. Esta magnífica pintura ha recibido diferentes interpretaciones. Hay quienes la consideran un símbolo de la humanidad desamparada a la espera del renacimiento en Dios por medio del bautismo, mientras que, según otros estudiosos, la diosa del amor personifica el ideal de Verdad que, en la doctrina platónica, se identifica con la belleza.

También, por supuesto, puede ser vista como el nacimiento de una de las grandes diosas. Si bien durante mucho tiempo no se relacionó a Botticelli con lo esóterico y el ocultsmo, recientes estudiosos del Renacimiento -como, por ejemplo, Edgard Wind y Frances Yates- vinculan al pintor con el esoterismo y, al igual que en el caso de Leonardo, creen que muchos de sus cuadros pueden leerse en una suerte de "clave secreta". Por ejemplo, la famosa obra *La primavera* sería, entre muchas otras cosas, una ampliación del tema de la Arcadia y de la corriente subterránea esotérica.

● **Leonardo da Vinci** ver capítulo 2.

● **Connétable de Bourbon**: nacido en 1490 y muerto en 1527, fue probablemente el señor más poderoso de Francia de principios del siglo XVI. Era hijo de Claire de Gonzaga, y su hermana menor contrajo matrimonio con el duque de Lorena, nieto de Iolande de Bar y bisnieto de René de Anjou. Fue virrey de Milán y estuvo en contacto con Leonardo Da Vinci.

● **Ferdinad de Gonzague**: más conocido como Ferrante de Gonzaga, nació en 1507, hijo del duque de Mantua y de Isabelle de Este. Su principal título fue el de conde de Guastalla. Ayudó a su primo Charles de Montpensier y Borbón en sus operaciones militares, y estuvo coaligado con Francois de Lorena, duque de Guisa, que casi logró apoderarse del trono de Francia. Fue uno de los más fervientes protectores de Leonardo y un devoto asiduo del pensamiento esotérico. Los circunstancias que rodearon a su muerte son sumamente imprecisas: mientras una versión lo da por muerto en Bruselas en 1557, según los documentos del Priorato en esa fecha no hizo sino ocultarse y, tras bambalinas, continuar presidiendo la Orden hasta su muerte, en 1575.

- **Louis de Nevers**: nacido en 1539, el duque de Nevers era, en realidad Louis de Gonzaga, sobrino de Ferrante de Gonzaga. Familiarmente, ya sea por sangre o políticamente, estaba vinculado a la familia de los Hasburgo y a la casa de Lorena. En otro orden de cosas, al igual que todos los Gonzaga, estaba profunda y convencidamente inmerso en la tradición y las prácticas esotéricas, y se cree que estuvo asociado con Giordano Bruno y con John Dee, el principal esoterista inglés de la época.

- **Robert Fludd**: médico y filósofo exponente del pensamiento hermético y de otras disciplinas secretas, nace en 1574 y muere en 1637. Para estudiar medicina dejó su Inglaterra natal y se dirigió a Francia, donde se familiarizó con las doctrinas de la ciencia arcana, para luego pasar a España, Italia y Alemania, donde se vinculó con Janus Gruter, amigo de Johann Valentin Andrea. A fin de curar a sus pacientes utilizaba lo que él denominaba "inducción magnética" y que no eran sino sus poderes innatos de curación. Desde su costado filosófico, atribuía fundamental importancia a lo que él llamaba "el misterio de la Luz", ya que según Fludd aquellos individuos que llegaban a conocer la Luz y podían penetrar en ella eran bendecidos con el conocimiento de la inmortalidad. Escribió y publicó muchas obras sobre multiplicidad de temas esotéricos y desarrolló algunas de las formulaciones más completas de la filosofía esotérica que jamás se hayan escrito. Ascendió a un puesto muy estimado en el Colegio de Médicos de Londres, formó parte del cónclave de expertos que presidió la traducción de la Biblia del rey Jacobo y disfrutó de los favores de este rey y de Carlos I.

- **Johann Valentin Andrea**: filósofo y alquimista, nace en 1586 en Wurtemburg y muere en 1654. Escribió *La reforma de todo el mundo*, publicación que contenía el tema de la reforma desde el punto de vista moral, político, científico y religioso, proyecto dirigido a todos los hombres educados y soberanos de Europa. Si bien nunca fue comprobado, se rumorea que formaba parte de una sociedad secreta de iniciados esotéricos y herméticos. Sin dudas, su obra más famosa es *Las bodas químicas de Cristian Rosenkreutz,* donde ridiculiza a los impostores y aventureros que se hacían pasar por alquimistas.

● **Robert Boyle**: físico y químico irlandés, nace en el seno de una familia noble y numerosa en 1627. Entre sus importantes aportes se pueden citar el perfeccionamiento de la máquina neumática, el hecho de demostrar que se pueden almacenar gases y el formular una rudimentaria, además de proponer la ley conocida como Ley de Boyle. También tuvo su costado alquimista y esotérico. Creía en la transmutación del oro y estando en Ginebra se interesó por diversas disciplinas esotéricas -incluyendo la demonología-. Fue gran amigo de Isaac Newton y Jonh Locke, con quienes se reunía para hablar de ciencia y de alquimia. Con el paso del tiempo se fue interesando cada vez más en cuestiones religiosas y escribió varios ensayos sobre el tema. En 1680 fue elegido miembro de la Royal Society. Muere en 1691 y, antes de hacerlo, entrega a sus dos amigos (Newton y Locke) muestras de un misterioso polvo rojo que figuraba de una manera muy prominente en gran parte de su correspondencia y en las anotaciones de sus experimentos alquímicos.

● **Isaac Newton**: nació en Inglaterra en 1642. Padre de la mecánica y de la óptica, descubre la ley del inverso del cuadrado y de la gravitación, desarrolla su cálculo de fluxiones, generaliza el teorema del binomio, pone de manifiesto la naturaleza física de los colores, verifica su ley de la gravitación universal y establece la compatibilidad entre su ley y las tres leyes de Kepler sobre los movimientos planetarios. En 1687 publica sus célebres *Philoso-phiae naturalis principia mathe-mática*, tres libros que contienen los fundamentos de la física y la astronomía escritos en el lenguaje de la geometría pura. Por esa misma época de fecundísima producción intelectual, tiene su primer encuentro con Robert Boyle y se asocia con John Locke y con un individuo por demás enigmático, llamado Nicholas Fatio de Duillier, que, según parece, fue espía contra

Altar en memoria de Isaac Newton en la Abadía de Westminster, uno de los centros más activos de Inglaterra.

Luis XIV de Francia. Esta asociación durará diez años. Defendió los derechos de la Universidad de Cambridge contra el impopular rey Jacobo II y, como resultado tangible de la eficacia que demostró en esa ocasión, fue elegido miembro del Parlamento, en el momento en que el rey era destronado y obligado a exiliarse. Mantuvo su escaño en el Parlamento durante varios años sin mostrarse, no obstante, muy activo durante los debates. En 1689 inicia *The chronology of ancient kingdoms amened,* estudio sobre las monarquías antiguas, donde trataba de establecer los orígenes de la institución monárquica, así como la primacía de Israel sobre otras culturas de la antigüedad, sobre la base de haber sido depositario de un conocimiento divino que luego se habría corrompido y diluido. Una de las tesis básicas de este trabajo era que, pese a la dilución y pérdida de este conocimiento, algo de él se habría filtrado hasta Pitágoras cuya "música de esferas" era, para Newton, una metáfora de la ley de gravedad. Al igual que muchos masones, atribuyó gran importancia a las dimensiones y la configuración del templo de Salomón que, suponía, ocultaba formas alquímicas. Fue elegido presidente de la Royal Society en 1703 y, más o menos por la misma época, hace amistad con un joven refugiado francés, Jean Desaguliers, que era uno de los encargados de los experimentos en la Royal Society y que, en los años siguientes, se convertiría en una de las principales figuras de la proliferación de la francmasonería europea. No hay testimonio de que Newton también fuera masón, pero sí de que era miembro de una institución semimasónica denominada "el Club de los Caballeros Spalding"; asimismo, ciertas actitudes reflejan opiniones compartidas por los masones del momento, (como por ejemplo, estimar a Noé más que a Moisés como fuente de sabiduría esotérica). Durante los últimos treinta años de su vida, abandonó prácticamente sus investigaciones y se consagró progresivamente a los estudios religiosos con opiniones "poco ortodoxas". Deploraba la idea de la Trinidad, puso en duda la divinidad de Jesús y coleccionaba documentos que trataran el tema y avalaran la tesis de un Cristo humano, y además dudaba de la autenticidad completa del Nuevo Testamento. Murió en 1727, y fue enterrado en la abadía de Westminster, entre de los grandes hombres de Inglaterra.

- **Charles Radclyffe**: nació en 1693. Su madre era hija ilegítima de Carlos II y de su amante, Moll Flanders. O sea que, por parte de madre, era nieto de Carlos II. También era primo del pretendiente Carlos Estuardo y de George Lee, conde de Lichfield, otro nieto ilegítimo del rey Estuardo. Gran parte de su vida estuvo al servicio de servir a la causa de su casa, los Estuardo. Muere en 1746.

- **Charles de Lorena**: nacido en 1712, se casa en 1744 con María Ana, la hermana de la emperatriz austríaca María Teresa y, en ese mismo año, es nombrado gobernador general de los países bajos austríacos (actualmente, Bélgica) y comandante en jefe del ejército austríaco. Fue uno de los mayores y más brillantes militares de su tiempo, si bien fue vencido por Federico el Grande en la batalla de Leuthen, en 1757. Tras esa derrota, María Teresa lo relevó del mando y se retiró a Bruselas, donde se instaló como mecenas de las artes, reuniendo una brillante corte a su alrededor. En 1761, se convierte en Gran Maestre de la Orden Teutónica, vestigio de los antiguos caballeros teutónicos, protegidos germánicos de los Templarios. Muere en 1780.

● **Maximilian de Lorena**: hijo de María Teresa y sobrino favorito de Charles de Lorena, nace en 1756. Como fruto de un accidente que le impide seguir la carrera militar, dedica sus energías a la Iglesia, y en 1784 es nombrado obispo de Munster y arzobispo y elector imperial de Colonia. En 1780, al morir su tío Charles, también se convierte en Gran Maestre de la Orden Teutónica. Fue un gobernante inteligente y tolerante, amado por su pueblo, así como también un patrono de las artes. Entre sus protegidos se contaron Haydn, Mozart y Beethoven. Hay numerosas sospechas de que perteneció a alguna asociación de francmasonería. Muere en 1801.

● **Charles Nodier**: nace en 1780, hijo de un abogado que, antes de la Revolución Francesa, había sido miembro de un club jacobino y que era un maestro masón muy estimado. Fue un escritor precoz y sumamente prolífico. Su obra abarca un espectro muy amplio que comprende, en lo ficcional, un voluminoso conjunto de novelas y, en lo no ficcional, ensayos de literatura, crónicas de viaje, estudios sobre pintura, investigación psico-sociológica acerca de la naturaleza del suicidio, esoterismo, etcétera. Aunque simpatizó con la revolución, no hizo otro tanto con Napoleón: escribió y publicó obras defenestrándolo y complotó dos veces en su contra (en 1804 y en 1812). Muere en 1844.

● **Víctor Hugo**: nace en 1802, hijo de un militar del ejército francés. Estudia en París y, a los quince años, es premiado por la Academia de Letras, por un trabajo de poesía. Escritor de gran fama en su momento (y de la historia de la literatura universal) alcanza el éxito con textos tales como *Hernani* y *Nuestra Señora de París,* pero, sin duda, su obra cumbre la constituye *Los miserables.* Desde muy temprana edad, fue un discípulo ferviente de Charles Nodier, con quien funda una editorial en 1819, junto a su hermano. En 1825, Hugo, Nodier y sus respectivas esposas emprenden un prolongado viaje a Suiza. Desde el punto de vista religioso, el escritor era un hombre profundamente creyente, pero de opiniones poco ortodoxas. Repudiaba la divinidad de Jesús y era antitrinitario. En buena medida fruto de la influencia de Nodier, se interesó viva y profundamente en cuestiones vinculadas al esoterismo y el pensamiento gnóstico, lo cual puede rastrearse en buena parte de su obra literaria. Desde el punto de vista político, si bien su pensamiento fue por demás complejo (y hasta contradictorio), puede decirse que, mayormente, tuvo ideas monárquicas. Muere en 1885.

● **Claude Debussy**: fundador de la denominada escuela simbolista de música, nace en 1862 y, si bien provenía de una familia humilde, su genio precoz le permitió conectarse desde muy temprana edad con personas ricas e influyentes. De adolescente, fue pianista en el castillo de la amante del presidente de Francia, y luego viajó extensamente por Rusia, Italia y Suiza, lo que le permitió ponerse en contacto con eminentes personajes de buena parte de Europa. Entre sus conocidos estuvieron Víctor Hugo, Paul Verlaine, Marcel Proust, André Gide, Oscar Wilde y Paul Valéry. Participó de los círculos simbolistas que por ese momento dominaban en la vida cultural francesa, donde tomó contacto con personajes vinculados al hermetismo y la magia. Su vinculación con cuestiones esotéricas también puede apreciarse en su obra. Entre sus trabajos más conocidos se cuenta su ópera *Peleas y Melisanda*, basada en el drama del dramaturgo simbolista Maurice Maeterlinck. Al morir, en 1918, estaba escribiendo un libreto para una ópera basada en el drama ocultista *Axel de Villiers de l'Isle-Adam*.

• **Jean Cocteau**: nacido en 1889 y muerto en 1963, se trató de una personalidad artística multifacética que abordó el cine, la literatura y la pintura. Entre su producción literaria se destacan *Los niños terribles* (novela), *El águila de dos cabezas* y *Orfeo* (teatro). Como director cinematográfico es mayormente recordado por *La bella y la bestia* y *La sangre de un poeta*. Provenía de un ambiente cercano al poder, ya que su familia se destacaba en política y su tío era un importante diplomático, y a lo largo de toda su vida Cocteau nunca se distanció por completo de estas esferas influyentes. Sus obras, en general, se encuentran cargadas de un oscuro simbolismo.

1956 Y PIERRE PLANTARD DE SAINT-CLAIR

El año que da título a este apartado muestra una suerte de punto de inflexión en la historia de la Prieuré de Sión. Mientras que durante siglos y siglos actuó de manera subrepticia, entre bastidores, a partir de 1956 el Priorato aparece inscripto en el *Journal Officiel,* publicación semanal del gobierno francés en la que deben declararse todos los grupos, organizaciones y sociedades del país. Pero... el tal Priorato aparece declarado estrictamente como una asociación de estudios y ayuda mutua entre sus miembros. Se basa en un estatuto que consta de veintiún artículos, que no aclaran cuáles son los objetivos de la orden, ni ofrece tampoco ninguna indicación acerca de su posible influencia.

Pierre Plantard de Saint-Clair, Gran Maestre de la Prieuré de Sión desde 1981 hasta 1984.

Sus miembros se clasifican en siete grados organizados en una estructura tradicionalmente piramidal. En la cúspide se encuentra el Gran Maestre o "Nautonnier". El grado inmediatamente inferior es el de "Prince Noachite de Notre Dame", al que le sigue el de "Croisé de Saint-Jean". En orden descendente aparecen: los "Commandeurs", los "Chevaliers", los "Ecuyers" y, en último término, los "Preux".

La pregunta obligada es: ¿será realmente una asociación de estudio y ayuda mutua entre sus miembros? ¿Esas finalidades manifiestas son una mera fachada que oculta su verdadera misión, que es la misma desde hace siglos y siglos: proteger el linaje de Jesús, los documentos que dan cuenta de él y ayudar a los descendientes de los merovingios (cuando la ocasión sea propicia) a volver al trono?

Para comezar a contestar esa preguntas remitámosnos a una noticia aparecida en enero de 1981 en la prensa francesa:

"Una verdadera sociedad secreta de 121 dignatarios, la Prieuré de Sión, fundada por Godofredo de Bouillon en Jerusalén en 1099, ha contado entre sus grandes maestros a Leonardo da Vinci, Víctor Hugo y Jean Cocteau. Esta orden convocó a su convento en Blois, el 17 de enero de 1981 (el convento anterior se había celebrado en París el 5 de junio de 1956).

Como resultado de este convento celebrado recientemente en Blois, Pierre Plantard de Saint-Clair fue elegido Gran Maestre de la Orden por 83 votos a favor de un total de 92 en la tercera votación.

Esta elección de Gran maestre señala un paso decisivo en la evolución de la concepción y el espíritu de la orden en relación con el mundo: porque los 121 dignatarios de la Prieuré de Sión son en su totalidad eminencias grises de las altas finanzas y de las sociedades políticas o filosóficas internacionales, y Pierre Plantard es el descendiente directo, a través de Dagoberto II, de los reyes merovingios. Su ascendencia ha sido demostrada legalmente por los pergaminos de la reina Blanca de Castilla descubiertos por el abate Sauniere en su iglesia de Rennes-le-Chateau en 1891.

En 1956, la sobrina del sacerdote vendió esos documentos al capitán Roland Stanmore y a sir Thomas Frazer y quedaron depositados en una caja fuerte del Lloyds Bank Europe Limited de Londres."

¿No resulta demasiado "casual" que una simple asociación de estudios y ayuda mutua elija como Gran Maestre, precisamente, a un descendiente probado de los merovingios? ¿No será que la Prieuré de Sion tiene unos objetivos ocultos que sobrepasan, y en mucho, al simple estudio y a la ayuda mutua? Nos remitimos, para intentar hechar luz sobre la cuestión, a las declaraciones del Sr. Plantard. En 1973 una revista francesa publicó una transcripción telefónica de una conversación con él. Todas sus respuestas fueron (como era de esperar) elusivas, crípticas, por demás sugerentes y, de hecho, planteaban más interrogantes que respuestas.

Cuando se le preguntó, especificamente, sobre los objetivos del Priorato, respondió:

La Prieuré de Sión dice poseer los tesoros del Santo Sepulcro.

"Eso no lo puedo decir. La sociedad a la que pertenezco es excesivamente antigua. Yo me limito a suceder a otros, a ser un punto de una línea. Somos custodios de ciertas cosas. Y sin publicidad."

¿Qué custodia la Prieuré de Sion que evita la publicidad? La respuesta sólo puede ser, de acuerdo a todo lo que venimos diciendo: el linaje de Jesús, la Sangreal.

Por otro lado, Jean-Luc Chaumeil, quién entrevistó a Plantard para una revista e investigó extensamente sobre el tema del Priorato de Sión, no duda en afirmar que los estatutos presentados ante la policía por la organización eran espurios y que, en realidad, la Orden alberga ambiciosos planes políticos para un futuro no lejano. Según este investigador, en el plazo de unos pocos años se producirá un cambio espectacular en el gobierno francés, modificación que prepararía el camino para una monarquía de corte popular con un gobernante merovingio en el trono; detrás de este cambio (como detrás de muchos otros importantes a lo largo de los siglos) estaría el Priorato, orquestando los hilos entre bambalinas.

Cuando, en 1979, Plantard concede una entrevista para la BBC, quienes lo entrevistan declaran que, si bien en lo que quedó finalmente grabado no hay alusiones claras acerca de los planes futuros del Priorato, durante la conversación fuera de cámaras las alusiones e indirectas abundaron. Declaró, por ejemplo, que la Prieuré de Sión tenía el tesoro perdido del Templo de

Jerusalén, insistió en que la verdadera índole del tesoro era espiritual y dio a entender que ese tesoro espiritual consistía, al menos en parte, en un secreto. También aludió al hecho de que dicho secreto facilitaría un importante cambio social, una modificación de las instituciones francesas que prepararía el camino para la restauración de una monarquía.

EL MISTERIO DE RENNES-LE-CHATEAU

La iglesia de Rennes-le-Chateau no es solamente el sitio donde fueron descubiertos los pergaminos que demostraban la ascendencia merovingia de Pierre Plantard de Saint-Clair. En realidad, ese lugar es un centro esóterico en cuya historia confluyen además un lengendario tesoro, tumbas profandas, una iglesia consagrada a María Magdalena, miembros del Priorato de Sión implicados en la historia, el fantasma de los Templarios, una estatua de Asmodeo aguantando la pila bautismal, la posibilidad de que se encuentren allí las reliquias del mismo Jesucristo.

Rennes-le-Chateau es una pequeña aldea posada en la cima de una montaña escarpada, que se halla ubicada en la región francesa de Razés, a unos 5 km de Couiza y 40 km de Carcassone.

A ella llegó en 1885 un cura llamado Bérenge Sauniere. Su iglesia había sido consagrada a Magdalena en 1059 y se alzaba sobre una estructura visigótica que databa del siglo VI. En el momento en que Sauniere arribó a ella, el templo se hallaba en un deplorable estado de conservación. Así que el sacerdote decidió, en 1891, iniciar los trabajos de restauración. En el transcurso de las obras quitó la piedra del altar que reposaba sobre dos columnas que resultaron huecas y, en el interior de una de ellas, el cura encontró cuatro pergaminos que se conservaban en tubos de madera lacrados. Dos de los pergaminos eran genealogías relacionadas con la dinastía merovingia, una de ellas de 1244 y la otra de 1644. Los dos pergaminos restantes habían sido redactados alrededor de 1780 por el abate Antoine Bigou, párroco de Rennes y capellán de la aristocrática familia de los Blanchefort, cuyos antecesores habían estado vinculados a los Templarios, concretamente Bertrand de Blanchefort, Gran Maestre de los Caballeros de la Orden del Temple que presidió a los monjes guerreros a mediados del siglo XII.

Los dos pergaminos que databan de la época de Bigou parecían ser, en principio, textos piadosos en latín, extractos del Nuevo Testamento. Pero esa hipótesis no cerraba: los mensajes contenidos en uno de ellos resultaban por demás misteriosos, las palabras se juntaban unas con otras de una manera incoherente, sin espacio entre ellas, y se había insertado cierto número de letras que no eran necesarias. En el segundo pergamino, las líneas aparecían cortadas sin ningún tipo de criterio uniforme, al tiempo que ciertas letras se alzaban por sobre las demás. Luego de que los estudiosos descifraran los mensajes se encontraron con lo siguiente: el primer pergamino contenía una suerte de mensaje bastante poco claro.

Decía:
"Pastora no hay tentación que Poussin Teniers guardan la llave paz 681 por la cruz y este caballo de Dios yo acabo ese demonio de guardián a mediodía manzanas azules."

El segundo rezaba:
"A Dagoberto II rey y a Sión pertenece este tesoro y él está allí muerto".

El padre Sauniere se dirigió con los pergaminos a su superior, el obispo de Carcassone, y éste lo envió a presentarlos ante autoridades eclesiásticas parisinas. Allí, Sauniere se apersonó ante el abad Bieil (director general del seminario de Saint Sulpice) y su sobrino, Emil Hoffet. Éste último se estaba preparando para el sacerdocio, pero también estaba inmerso en el pensamiento esotérico y mantenía relaciones con grupos, sectas y sociedades secretas entre ellos, el Priorato de Sión. Y Sauniere se codeó también con ellos durante las tres semanas que permaneció en la capital francesa. Al volver, continuó la restauración de la iglesia. Y nuevamente efectuó otro hallazgo: exhumó una losa que databa del siglo VII ó VIII y, debajo de ella, encontró una cámara mortuoria con esqueletos. A partir de allí, su nivel económico comenzó a subir, de modo tal que edificó una torre -la torre Magdala- ,hizo construir una opulenta casa de campo -Villa Bethania- que jamás llegó a ocupar, coleccionó telas preciosas y mármoles antiguos, construyó un zoológico, fue visitado por el archiduque de Hasburgo (entre otros huespedes ilustres), obsequió repetidas veces a sus fieles con opíparos banquetes dignos de un rey y decoró la iglesia de un modo bastante estrafalario, a tal punto que en el dintel de la entrada hizo grabar la siguiente inscripción: "Terribilis est locus iste" (este lugar es terrible). En el interior, debajo de la pila bautismal, colocó una estatua de Asmodeo, demonio guardián de tesoros ocultos y, según una antigua leyenda judaica, constructor del templo de Salomón. Por su parte, las paredes fueron revestidas por imágenes de las Estaciones de la Cruz, pero siempre conteniendo algún detalle anómalo desviante de las Sagradas Escrituras. Parecía que toda la decoración del templo era una suerte de mensaje en clave enviado por Sauniere, pero ¿cuál? Finalmente, en 1917 y luego de ser exonerado y reintegrado a su puesto por el Vaticano, Sauniere fallece luego de que un colega llamado a su lecho de muerte, luego de escuchar su última confesión, se niega a darle la extremaución.

Su cadaver es instalado en la Torre Magdala, enfundado en una vistosa sotana adornada con borlas color escarlata, y muchos de los que desfilaban frente al cadáver arrancaban borlas y se las llevaban, en una suerte de rito que nadie supo explicar jamás.

Ahora bien, ¿cuál era la fuente del dinero de Sauniere? ¿Qué tesoro oculto custodiaba el demonio Asmodeo? Muchos investigadores sugirieron que el cura había encontrado un tesoro de algún tipo. Si era así, ¿de cuál? Las hipótesis fueron varias: la historia del pueblo y de sus alrededores induce a pensar que en la región son abundantes los escondrijos de joyas, principalmente fruto del hecho de·que Rennes fue la capital septetrional del imperio visigodo; también era la zona donde se asentaron los cátaros, y éstos tenían la reputación de poseer algo de valor fabuloso (tal vez, el Santo Grial). Asimismo, es posible que el rey merovingio Dagoberto II escondiera el fruto de sus conquistas en este pueblo, lo que explicaría además, la mención que de este monarca se hace en uno de los pergaminos. De la misma manera, también se habló de un tesoro templario, lo que explicaría la alusión a "Sión" que se hace en el otro pergamino. Igualmente, se barajó la hipótesis de que se tratara del legendario tesoro del Templo de Jerusalén, y que por esa causa los pergaminos aludieran a Sión. Pero, más allá de que pueda haber descubierto -y hecho uso- de un tesoro material y literal, muchos investigadores creen firmemente que, en realidad, el verdadero tesoro de Sauniere era de otra índole, un tesoro que incluía un secreto explosivo capaz de cambiar la historia, un arcano de trascendental importancia. Joyas, oro y dinero no resultan suficientes para responder toda una serie de preguntas, tales como: ¿por qué Sauniere se vinculó a círculos ocultistas y herméticos en París? ¿Por qué el archiduque de Hasburgo fue a visitar a tan ignoto personaje a un pequeño pueblo perdido en los Pirineos? ¿Por qué Sauniere hizo grabar en el dintel la inscripción "este lugar es terrible"? ¿Por qué el Vaticano lo exoneró y luego lo reintegró? ¿Por qué el sacerdote que lo acompañaba en su lecho de muerte se negó a darle la extremaución luego de oir su última confesión? ¿Qué fue lo que confesó Sauniere? ¿Estaría vinculado a los restos mortuorios encontrados en la capilla? Un tesoro estrictamente material tampoco permitiría

María Magdalena, el niño Jesús y el Santo Grial

explicar todo el halo de misterio que rondó y ronda todo lo vinculado a Rennes-le-Chateau. Y la pregunta obligada: ¿cuál era ese tesoro? El tesoro material, más allá de que efectivamente existiera, podría ser en realidad la metáfora de otro tesoro: los restos del mismísimo hijo de Dios. Tal como reza el título de este apartado, Rennes-le-Chateau aún sigue siendo un misterio. Si bien nunca se llegó a comprobar de manera fehaciente, un clérigo anglicano, Alfred Leslie Lilley, ha sostenido que existen pruebas irrefutables de que la crucifixión fue un engaño, de que Jesús aun vivía en el año 45 y que fue enterrado en Francia, y de que estas pruebas (que, a ciencia cierta, aún no se sabe en qué consisten) están en la iglesia del pueblo del misterio, Rennes-le-Chateau. Al estar estas pruebas en poder de Sauniere, su riqueza habría sido el pago del Vaticano a cambio de su silencio. Ya que, como veremos en el capítulo siguiente, los secretos no son algo ajeno a la Santa Sede, sino todo lo contrario.

MÁS ALLÁ
DEL CÓDIGO
DA VINCI

CAPÍTULO 4

LA IGLESIA
ENEMIGA

LA IGLESIA ENEMIGA

¿Fueron los Evangelios Apócrifos los únicos textos silenciados por la Iglesia? ¿Es la descendencia de Cristo el único secreto que guarda esta institución y que no quiere que se conozca porque disminuiría enormemente su poder? De ninguna manera. El Vaticano siempre ha sido lugar de secretos, intrigas, conspiraciones, misterios....y al igual que los servicios secretos de cualquier estado, ha movido y sigue moviendo hilos que los ciudadanos no tienen posibilidad de conocer.

De todo el enorme abanico al respecto daremos cuenta de dos cuestiones, los archivos secretos del Vaticano (ya que se encuentran vinculados al secreto de Cristo) y el escándalo más sonado en que se vio envuelta la Santa Sede en las últimas décadas: el supuesto asesinato del papa Juan Pablo I a manos de la misma gente del Vaticano, en un escenario donde no estaban ausente ni la mafia, ni la masonería, ni los escándalos financieros.

LOS ARCHIVOS SECRETOS DEL VATICANO

Cincuenta kilómetros de estanterías subterráneas; libros, códices y pergaminos varios, inaccesibles para el público; registros escritos almacenados por dos milenios que nadie sabe a ciencia cierta en qué consisten. ¿Por qué se conserva esa documentación secreta y misteriosa en el Vaticano? ¿Qué arcanos esconde esta red? Si bien resulta imposible dar cuenta de ella en su totalidad (ya que la inmensa mayoría de lo allí guardado resulta una incógnita para quien no pueda transitar sus vetustos y misteriosos pasillos), se ofrece a continuación una breve lista del material que, a ciencia cierta, se sabe que se encuentra en los archivos secretos de la Santa Sede.

● Documentación sobre el cristianismo primitivo, que incluye estudios sobre los rollos del Mar Muerto.

● El juicio de los Templarios. Volumen de 1309 acerca del proceso a los caballeros de la Orden del Temple (ver capítulo 2). Se trata de una copia, no de la edición original, pero se la considera absolutamente fidedigna y realizada inmediatamente a la redacción del original.

● Cisma de Occidente (1378-1417), con años en los que hubo tres Papas a la vez, cada uno con sus misterios, sus secretos, sus archivos y documentos confidenciales.

● La Bula de Inocencio VII (1484), con la que promovía la caza de brujas.

● Todos los libros prohibidos expresamente por el Vaticano a través de su Índice; libros que, lógicamente, se han leido y archivado. El Índice surgió a raíz de la Institución de la Sagrada Congregación del Santo Oficio (1542), testamento que instauró la Inquisición a semejanza de la ya establecida en España. Sin embargo, es necesario aclarar que la prohibición de impresión, copia y lectura de ciertos libros comenzó con el Concilio de Nicea (ver capítulo 1) donde, por ejemplo, se prohibió y quemó el *Thalia de Arrio*.

● Toda la documentación sobre la reforma del calendario romano (del que hoy nos servimos) promovida por Gregorio XIII en 1582.

● Gran cantidad de material con temáticas "normales" (eclesiástica, civil y política) y, sin duda, otra buena parte con temas paranormales. Muchos investigadores (entre ellos, Huc de Sant Joan de Mata) coinciden en que los Archivos Secretos contienen muchísima documentación sobre la fenomenología paranormal y, particularmente, sobre parapsicología. Lógicamente, un fenómeno de ese tipo registrado, por ejemplo, en el siglo X, no se expondría como "fenómeno parapsicológico", sino como anatema

El Vaticano abre sus archivos secretos

El Vaticano anunció que el 15 de febrero abrirá parcialmente sus archivos secretos de la época previa a la Segunda Guerra Mundial. Los documentos, que estarán disponibles para aquellos investigadores que eleven una petición oficial, cubrirán el período 1922 - 1939. De esta forma, la Iglesia Católica quiere limpiar el nombre del Papa Pío XII, acusado por organizaciones judías de haber hecho muy poco para denunciar el Holocausto. Durante los años previos a la guerra, quien luego sería Pío XII se desempeñó como embajador vaticano ante Berlín.

Documentos destruidos

Los primeros 640 documentos que se pondrán a disposición de los estudiosos el próximo año cubren las relaciones entre la Santa Sede y Alemania desde 1922 hasta 1939. Sin embargo, el Vaticano dejó constancia que muchos de los legajos del período 1931 - 1934 fueron "prácticamente destruidos o dispersados" durante los bombardeos aliados contra Berlín y por un incendio, informa la agencia de noticias Reuters. Entretanto, los documentos que abarcan el período entre 1939 y 1949, y que tratan sobre los prisioneros de guerra, saldrán del archivo en una segunda instancia. Los materiales que contienen información sobre las relaciones entre Pío XII y Alemania hasta su muerte en 1958, serán puestos a disposición de los estudiosos en tres años.

Apertura parcial

El Vaticano siempre ha defendido la posición de Pío XII, explicando que su silencio se debió al temor de poner aún más en peligro la vida tanto de católicos como judíos. En un comunicado de inicios de 2002, la Santa Sede informó que espera que los documentos demuestren "el enorme trabajo de caridad y asistencia emprendido por el Papa Pío XII, para los prisioneros y las víctimas de guerra, sin distinción de nacionalidad, religión o raza".

Este anuncio llegó tiempo después de que los estudiosos judíos y católicos que examinaban los documentos suspendieran sus actividades porque el Vaticano no abría sus archivos de forma completa. La Santa Sede aceptó que una apertura parcial resultaba verdaderamente frustrante para los estudiosos. Sin embargo, argumentó que esto se debió a la necesidad de proteger a las víctimas del Holocausto que aún estaban vivas.

(BBCMUNDO.com, 28 de diciembre de 2002).

La Biblioteca del Vaticano, abierta al público en general, posee además un archivo secreto, subterráneo, inacccesible salvo para unos pocos privilegiados.

o milagro. En los siglos posteriores, el mismo fenómeno sería vinculado a la brujería.

● Toda la documentación sobre Giordano Bruno (siglo XVI) dominico italiano al que se le enjuició por heterodoxia en un proceso que duró siete años. De éste último hecho, sólo se conserva un sumario de 55 páginas que fue hallado en 1940.

● Dentro del sector catalogado como "Archivo de miscelánea", se encuentra todo el proceso acerca de la monja de la Tercera Orden de Santo Domingo, Cristina de Rovales (llevado a cabo en el siglo XVI), que da cuenta de posesiones diabólicas, estigmas, apariciones y fenomenología que hoy se considera puramente parapsicológica, como la levitación y la telepatía.

● Textos procedentes de países no cristianos visitados por misioneros. Por ejemplo, en el siglo XVII, los jesuitas que se encontraban misionando en China mandaron una cantidad verdaderamente asombrosa de material.

• Documentos acerca de el Juicio de Galileo (Siglo XVII)
• Cartas de Pío XII que develan datos de la relación Vaticano-Hitler.

Los Archivos secretos fueron abiertos a la investigación, en parte y por primera vez, en 1881. Desde entonces, se han publicado y analizado diferentes libros y documentos. En los últimos años se está procediendo a microfilmar, grabar en video y, por supuesto, archivar en computadoras.

EL CASO DE JUAN PABLO I

El 29 de Septiembre de 1978 el Vaticano comunicaba oficialmente que el Santo Padre, Juan Pablo I, había fallecido, luego de estar poco más de treinta días en el cargo. Según el relato de la Santa Sede, hacia las 5.30 de la mañana el secretario particular del Papa lo había encontrado muerto en su cama con la luz encendida. Inmediatamente, acudió al lecho el Dr. R. Buzonetti, quien constató su muerte, acaecida probablemente a las 23 horas del día anterior, a causa de un infarto agudo de miocardio. Esa fue la primera versión dada por el Vaticano, pero, posteriormente, se sabría que las cosas fueron distintas, al parecer tan, pero tan diferentes que aún hoy la muerte del Papa Juan Pablo I sigue siendo un enigma sin resolver.

La primera contraversión llegaba poco después. Evidencias acumuladas posteriormente demostraron que no fue su secretario particular quien lo halló muerto sino una monja, la hermana Sor Vincenza, que descubrió el cadáver al entrar en la habitación del Pontífice luego de llamar repetidas veces sin obtener respuesta. Al hacerlo, lo encontró muerto y sentado en su despacho, con un documento secreto de la Secretaría de Estado sobre la mesa. La religiosa corrió entonces a despertar al secretario, quien constató la muerte y llamó al cardenal Villot, que examinó el cadáver, acompañado por un médico y llamó ipso facto a los embalsamadores. Nuevo escollo: las declaraciones efectuadas por los investigadores no coincidían con la del resto de los testigos. El cuerpo del prelado aun estaba tibio (cosa que también fue comprobada por Sor Vincenza) y, por ende, los embalsamadores estiman que el deceso debió producirse entre las 4 y las 5, y no a las 23, tal como afirmó el Dr. R. Buzonetti. En un primer momento, un voto de silencio le fue impuesto a Sor Vincenza por la Secretaría de Estado pero, finalmente, la valiente religiosa lo rompió, ya que consideraba que el mundo debía conocer la verdad sobre la muerte de ese Papa que ella admiraba profundamente.

Casi inmediatamente después del deceso y pese a las encendidas protestas de algunos eclesiáticos, el cardenal Oddi declaró que el Sacro Colegio Cardenalicio no iba ni siquiera a considerar la posi-

La muerte de Juan Pablo I

Un hecho de las características que acabamos de relatar no podía, por supuesto, pasar inadvertido en la literatura, tanto de ficción, como ensayística y de investigación. Algunos más documentados y otros menos, algunos amparándose en la ficción y otros no, toda una serie de libros y algunos artículos de revistas (amén de las numerosísimas noticias en los diarios de todo el orbe) abordaron el tema de la misteriosa muerte, nunca resuelta. Estos son algunos de ellos:

● *Han asesinado al Papa* (Operación Paloma), de los periodistas Jesús Ramón Peña y Mario Edoardo Zottola, sostiene que la muerte de Juan Pablo I obedeció a un movimiento puramente económico debido a que el imperio financiero del Vaticano es uno de los más poderosos del mundo y, por ello, existían importantes motivos para eliminar al máximo dirigente de esa fortuna.

● En la novela *¿Un asesino para Juan Pablo I?*, el escritor Bruce Marshall fantasea que el Papa Luciani es envenenado por miembros de una sociedad ficticia denominada Los Nuevos Apóstoles, cuyos miembros se oponen a cambios impulsados por el Concilio Vaticano II y apoyan como pontífice al cardenal Siri.

bilidad de iniciar una investigación sobre la muerte del Papa así como tampoco aceptaría el menor mecanismo de control por parte de persona ni entidad alguna. Luego se supo que buena parte de los cardenales -ante la ausencia de un boletín médico y la negativa de la Santa Sede a realizar una autopsia pero, sobre todo, frente a los interrogantes que se planteaba cada vez de manera más acentuada y evidente la opinión pública- pidieron conocer las circunstancias precisas en que se produjo el fallecimiento. Y las complicaciones y entredichos continuaban. Sin autopsia, resultó clínicamente imposible saber si el deceso se produjo efectivamente por un infarto agudo de miocardio, amén de que el estilo de vida del Papa (sobrio por demás), y su tensión arterial normalmente baja harían, si no imposi-

● Ciertas revistas enroladas en la extrema derecha habían acusado de formar parte de una logia masónica al arzobispo Marcinkus -banquero del Vaticano-, al cardenal Villot -secretario de Estado de la Santa Sede- y a otro grupo de prelados. Por esa razón, Los tradicionalistas romanos, seguidores del arzobispo Lefevbre, barajaron la posibilidad de que el Papa Luciani hubiese sido asesinado por masones infiltrados en las altas esferas del Vaticano.

● Roger Peyrefitte, en *La sotana roja*, describe al Papa Luciani como un reformista empeñado en erradicar la corrupción de la cúpula eclesiástica, lo que desencadena un complot urdido por algunos prelados que mantenían estrechas relaciones con financistas, mafiosos y dirigentes de la logia P2. En este libro, Villot y Marcinkus aparecen como los instigadores del asesinato que es llevado a cabo por un asesino a sueldo con una jeringa envenenada.

● En *La verdadera muerte de Juan Pablo I*, Jean Jacques Thierry plantea una hipótesis extrema: sugiere que Villot sustituyó a Paulo VI por un doble y planeó la muerte de su sucesor cuando éste descubrió la infiltración masónica en la Santa Sede. Según este autor, el asesinato se produjo cuando el Papa descubrió la relación de la Iglesia con la mafia.

(continúa)

ble, por lo menos difícil este desenlace.

Para colmo, el médico que firmó su certificado de defunción reconoció no haber prestado anteriormente sus servicios al prelado, por lo que no conocía su estado de salud. El doctor Da Ros, médico personal del Papa, aseguró haberlo encontrado el día anterior y constatado que se hallaba en muy buen estado de salud.

A medida que pasaba el tiempo, las dudas se multiplicaban. Uno de los especialistas encargados de investigar las circunstancias de la muerte (el Dr. Cabrera), sugirió la posibilidad de que ésta podría haberse producido por sustancias depresoras, letales en ciertas dosis para alguien que sufre de tensión baja. También comenzó

La muerte de Juan Pablo I (continuación)

● David Yallop en su *En nombre de Dios* -fruto de una investigación de tres años, en los que contó con la colaboración secreta de algunos miembros de la Iglesia-, sostiene que el Vaticano encubrió las circunstancias en que se produjo el deceso, por lo que el autor considera necesaria la apertura de una investigación oficial. Este libro provocó una verdadera batahola, al punto de conducir a Jean Parvulesco a aceptar la posibilidad de que el Papa haya sido ejecutado a fin de evitar que condujese a la Iglesia por un camino progresista y tercermundista. También la Comisión Pontifica para las Comunicaciones Sociales reaccionó ante el libro explicando que un ambiente de conjuras e intrigas es imposible en el Vaticano, al tiempo que señalaba que la salud del Papa era más bien enfermiza.

● *Pontífice*, de G. Thomas y M. Morgan-Witts, sugiere que el asesinato fue, en realidad, un rumor hábilmente esparcido por la KGB fin de desacreditar al Vaticano, ya que en en ese momento las relaciones entre la URSS y la Santa Sede atravesaban un momento de gran tensión.

● Jesús Lopez Saez, sacerdote autor de *Se pedirá cuenta*, sustenta la tesis del asesinato del prelado y aboga por una investigación a llamar notablemente la atención la particular y sospechosa prisa de Villot por embalsamar el cadáver. Unas versiones aseguraban que ésta se hizo sin extraerle la sangre ni las vísceras, mientras que hay quienes aseguran que los embalsamadores retiraron partes del cuerpo, posiblemente las vísceras.

Por supuesto, un cuarto de siglo después, nada ha salido verdaderamente a la luz, y la muerte de Juan Pablo I sigue siendo, en última instancia, un misterio sin resolver. Sin embargo, todo parece apuntar a una serie de maniobras turbias vinculadas al Vaticano que el Papa conocía. ¿Quiénes estaban implicadas en ellas? La Banca Vaticana y la Logia P2.

● *Como un ladrón en la noche*, del periodista John Cornwell es el resultado de una investigación animada por el mismo Vaticano; por ello, le dieron al autor facilidades sin precedentes que le permitieron -entre otras cosas- entrevistar a los protagonistas de la historia que aún se encontraban vivos. Lejos de las teorías de tipos conspirativo que venimos presentando hasta ahora, *Como un ladrón*... señala con relación al Papa en cuestión: "su mansedumbre, su desconfianza, sus preocupaciones por los temas puramente pastorales y piadosos no se acoplaban bien a una Iglesia que se enfrentaba a los desafíos mundanales de los ochenta y los noventa". De manera más dura aún, señala: "las pruebas comenzaron a llevarme a una conclusión que parece más vergonzosa que cualquiera de las conspiraciones propuestas hasta el presente. Lo despreciaban por su torpe forma de andar, su aspecto desganado, sus inocentes discursos, su lenguaje sencillo, e imitaban el silbante tono de su voz. Se referían a él en tono condescendiente, con diminutivos. Había interminables historias sobre su comportamiento y sus meteduras de pata (...) Se dejó morir por no sentirse capacitado para ser Papa. Murió solo, en el centro de la comunidad cristiana más grande del mundo, por negligencia y por falta de amor, ridiculizado y menospreciado por la institución que existía para mantenerle.

● En *El diario secreto de Juan Pablo I*, su autor Ricardo de la Cierva sostiene que, si bien existieron toda una serie de circunstancias vinculadas a una conspiración (amenazas de muerte, trama económica corrupta, etcétera) el Papa Luciani murió por causas estrictamente naturales.

La Logia P2, la Banca Vaticana
¿y el asesinato de Juan Pablo I?

Para comenzar a hilar esta complicada urdimbre de poder y corrupción, hay que empezar por una breve noticia de quienes manejaron los hilos de esta intriga: Michele Sindona, Licio Gelli y Paul Marcinkus.

Sindona comienza su carrera reciclando la fortuna de los Gambino, conocidos hampones estadounidenses. Ese es el punto de inicio para forjar un imperio internacional financiero. Luego, por mediación de quien después se convertiría en el Papa Paulo VI, conoce a Massimo Spada, director del Banco Vaticano, lo cual permite a la mafia italonorteamericana utilizar las instituciones financieras vaticanas para lavar dinero sucio procedente de actividades delictivas varias.

Sindona traba amistad con Licio Gelli, Gran Maestre de la Logia P2, y poderoso empresario textil que tiene en su currículum, entre otros dudosos blasones, el haberse alistado en las SS nazis.

Una vez amigos, Gelli y Sindona se introducen en las altas esferas vaticanas de la mano de Umberto Ortolani, abogado y gentil-hombre de Su Santidad, que se convertirá luego en lugarteniente de Gelli dentro de la P2. Es allí cuando aparece en escena el tercer personaje, Paul Marcinkus. Se trata de un arzobispo que contaba con la plena confianza de Paulo VI, por ser su guardaespaldas y haberle salvado la vida. Cuando Marcinkus es encargado de dirigir el Instituto para las Obras de Religión (IOR), el aparato financiero del Vaticano, utiliza la red bancaria de Sindona para invertir parte de la fortuna de la Santa Sede, al tiempo que éste hace uso de la estructura del Vaticano para lavar dinero mafioso y evadir impuestos. Por su parte, en una suerte de "estructura perfecta", Gelli, a través del enorme poder de la Logia P2, garantiza la cobertura política de las operacio-

La extraña muerte de Juan Pablo I ha dejado al descubierto las actividades poco claras del Vaticano

nes. ¿Hacia dónde va esa organización en apariencia perfecta?

Continuemos con la historia. En 1973, Sindona es el banquero más importante de Italia, alabado por el primer ministro y el embajador norteamericano, entre otros personajes encumbrados en el poder que le dedican sus elogios. Sin embargo, una letal combinación que incluye, entre otros elementos, la crisis del petróleo y las operaciones especulativas, contribuye a que su imperio se derrumbe. Cuando esto sucede, Sindona huye a Estados Unidos y el Vaticano pierde una cuantiosa cifra; este hecho es negado por Marcinkus, quien incluso sostiene no conocer a Sindona.

Roberto Calvi -que conoció a Pablo VI cuando era arzobispo de Milán- se relaciona con Sindona, probablemente mediante la intervención de Marcinkus y Spada, cuando era subdirector general del Banco Ambrosiano. ¿Las razones de ese encuentro? El IOR era propietario de buena parte de las acciones del Banco Ambrosiano y de prácticamente la mitad del Finanbank (uno de los bancos suizos de Sindona). Gracias a estos apoyos, a principios de la década del ´70, Calvi se convierte en presidente del banco y, al poco tiempo, en tesorero de la P2. Tras la caída de Sindona, el IOR encarga a Calvi sus inversiones en el extranjero e, incluso, presta su nombre para que éste compre la mitad de las acciones de la Banca Mercantile florentina. En 1977, luego de haber estado detenido en Nueva York acusado de fraude, Sindona le recuerda a Calvi que considera propios la mitad de sus negocios. Este no cumple su promesa de enviarle dinero y, entonces, Sindona hace empapelar Milan con carteles que denuncian a Calvi como defraudador, estafador y traficante de divisas. Como último recurso, envía al gobernador del Banco de Italia una carta cuyo contenido acorrala de manera definitiva a Calvi.

Es en medio de tan complejo panorama donde hace su aparición Juan Pablo I; en agosto de 1978 muere Paulo VI y los cardenales eligen como sucesor a Albino Luciani, quien pasará a ser el Papa Juan Pablo I. Se trata de un Pontífice muy distinto a su antecesor. El Papa Luciani trae aire decididamente renovadores; además,

Paul Marcinkus, obispo y banquero

Paul Marcinkus -judoka, bebedor del mejor whisky y excelente jugador de golf- fue el primer obispo del mundo entero miembro del consejo administrativo del Banco de Nassau, famoso paraíso fiscal por el que pasaban muchas de las operaciones ilegales de Roberto Calvi. Marcinkus fue acusado de connivencias con la quiebra del Banco Ambrosiano y se habló de su intervención en la por demás sospechosa muerte de Juan Pablo I y del suicidio de Roberto Calvi (quien apareció colgado en Londres, bajo el puente de los Hermanos Negros). Pero los tribunales Supremo y Constitucional impidieron a los jueces de Milán procesar a Marcinkus por sus implicaciones en la quiebra del Ambrosiano. Las órdenes de detención fracasaron cuando el obispo se refugió en la Ciudad del Vaticano. Ningún cardenal de la curia se atrevió a levantarse contra él, muy posiblemente porque los había ayudado económicamente a todos ellos. Por otra parte, Juan Pablo II fue un acérrimo defensor de Marcinkus durante todo el escándalo, posiblemente porque fue el obispo banquero quien financió el Movimiento Polaco de Solidaridad. ¿Conclusión? El Vaticano aceptó pagar 250 millones de dólares al estado italiano tras la quiebra del Ambrosiano -banco del que era accionista-, declarando que lo hacía a título de ayuda libre y personal.

ya había demostrado tener una actitud firme ante un sonado escándalo en 1972: la venta de la Banca Católica del Véneto a Calvi, operación realizada por Marcinkus. En esa ocasión, Luciani inicia una investigación a pedido de los obispos y comprueba, entre otras cosas, que la Banca en cuestión había pasado luego de la venta, de ser una entidad que favorecía a la gente de bajo recursos, con préstamos a bajo interés, a ser una mera sociedad financiera para evadir impuestos y especular ilegalmente.

Llegado al papado, Juan Pablo sabe entonces muy bien a qué atenerse al respecto. Encarga al cardenal Villot la inspección financiera del IOR. Entretanto, Calvi comienza a desprenderse de todas sus acciones, y es entonces cuando se entera que el nuevo prelado ha decidido reemplazar a Marcinkus, así como devolver a la iglesia a su situación de pobreza evangélica. Se asegura que el 12 de septiembre, Juan Pablo I tenía en su poder una lista con los nombres de los 121 funcionarios del Vaticano que, presuntamente, pertenecían a la masonería -concretamente, a la Logia P2- y, por lo tanto, debían cesar en sus funciones de manera inmediata. Por supuesto, entre ellos estaban Villot y Marcinkus, a la sazón, secretario del Estado Vaticano y director ejecutivo del Banco del Vaticano, respectivamente.

El Papa había emprendido una revolución que aplaudía en secreto la mayoría del clero, y que hubiera resultado verdaderamente devastadora para la minoría que ostentaba el poder. A través de ella, Juan Pablo I transformaría la Iglesia, la renovaría y, con esos cambios, muchos personajes enquistados en el poder serían desposeídos de su fuerza.

Según diversos testimonios, el Papa Luciani se propone reemplazar a Villot por Benelli -gran adversario de Marcinkus- y, en la tarde del 28, tiene una larga conversación con Villot, comunicándole la decisión. Horas después, el Papa fallece.

MÁS ALLÁ
DEL CÓDIGO
DA VINCI

CAPÍTULO 5

EL OPUS DEI

EL OPUS DEI

"Era alto y corpulento, con la piel muy pálida, fantas-magórica,y el pelo blanco y escaso. Los iris de los ojos eran rosas y las pupilas de un rojo oscuro": esa es la descripción que Dan Brown hace de Silas, el fanático asesino de *El código da Vinci*. Silas es, ante todo (ya que ese dato es algo fundante de su identidad), un miembro del Opus Dei. Pero... ¿qué es concreta-mente el Opus Dei? A lo largo de los años se lo ha caracterizado como secta destructiva, sociedad secreta, católica, ultraconserva-dora y mafia religiosa. Muchos de quienes han formado parte de sus filas y lo han abandonado cuentan las historias más terribles.

Para comprender cabalmente esta organización es preciso dar cuenta de su fundador, de la forma en que se organiza, de los rituales de iniciación para acceder a ella, de los medios de forma-ción e instrucción y de las normas de vida que deben cumplir sus integrantes, entre otras cuestiones que se abordarán en el presen-te capítulo.

BREVE HISTORIA DE LA OBRA DE DIOS

La prelatura vaticana conocida como Opus Dei (Obra de Dios) fue fundada en 1928 por el sacerdote español Jose María Escrivá y Balaguer y Alvás. Escrivá nace el 9 de enero de 1902 en la provincia española de Huesca, hijo de un peque-ño comerciante, si bien la historia oficial del Opus Dei habla de su origen noble.

El Opus Dei tiene su origen en un núcleo formando por Escrivá y su familia, la "residencia de estudiantes" que era, más bien, una casa familiar donde Escrivá recibía a sus seguidores.

Luego de fundada, con la dictadura franquista que asola España durante décadas, la filosofía y las prácticas de esta organización resultan totalmente funcionales al clerical-autoritarismo. Es entonces cuando el Opus comienza su gran tarea proselitista, básicamente a través de la infiltración en diferentes grupos universitarios, así como también empresariales. A nivel económico, el Banco Popular español puede considerarse como la primera gran obra económica al más alto nivel; gracias a él, los miembros del Opus disponían de una fuerza propia. A modo de "broche de oro", el 6 de octubre de 2002, Juan Pablo II canoniza a Escrivá, habiéndolo beatificado diez años antes. En el discurso de canonización, el Papa expresó que:

> *"... san Jose María fue elegido por el Señor para anunciar la llamada universal a la santidad y para indicar que la vida de todos los días, las actividades comunes, son camino de santificación. Se podría decir que fue el santo de lo ordinario."*

Paralelamente a todo este proceso que acabamos de describir muy resumidamente, el Opus traspasa sus fronteras de origen. Desde su España natal y mediante un trabajo de años, el Opus Dei no ha dejado de expandirse internacionalmente. Básicamente, esta propagación se llevó a cabo por medio de los socios numerarios españoles que salieron al mundo. Los primeros embajadores de la Obra fueron: Fernando Maicas (en Francia), Luis María Garrido (en Estados Unidos) y Ramón Montalat (en Brasil). También se expanden a Inglaterra, Italia, Portugal y México. A partir de la década del ´50 la expansión continúa porVenezuela, Canadá, Argentina, Alemania, Holanda, Suiza y otros países, tanto europeos como americanos. Más tarde, su labor se va extendiendo a otros continentes: Japón, Kenya, el norte de Afríca, Australia, Nigeria, Filipinas, etcétera.

Actualmente cuenta con más de 80.000 miembros, diseminados en alrededor de 60 países y, tal como se especifica en *El código da Vinci*, posee una sede en Nueva York cuyo valor asciende a 47 millones de dólares.

LA ESTRUCTURA DEL OPUS DEI

¿Cómo es la organización interna de la Obra de Dios?

• En el aparato burocrático, el Opus Dei es -a primera vista- una suerte de copia de la burocracia de la Iglesia romana. En el plano internacional, existe un presidente y un Consejo General, instalados en Roma, junto al Vaticano. El Consejo consta de un secretario, un procurador, cuatro consultores, un prefecto de estudios y un administrador.

• En el plano nacional, como máximo organismo ejecutivo, existen consejos regionales. El contacto entre ambos estratos, se realiza a través del denominado *missus*, considerado un enviado del Padre que sirve de enlace; el nuncio apostólico realiza una

---

La "familia" Opus Dei

Al igual que todas las organizaciones de carácter sectario, el Opus Dei utiliza una jerga muy particular, solamente conocida por sus miembros y que opera a modo de "tamiz", para filtrar la realidad externa y adecuarla a la interna. El hablar de manera diferente, con códigos exclusivos y excluyentes, de forma distinta a cómo lo hace la gente de "afuera", separa al neófito del exterior y le genera un sentimiento de pertenencia que lo involucra más profunda y comprometidamente con el grupo.

A este respecto, resulta particularmente llamativa la forma en que se construye una suerte de familia a través de los términos utilizados. En las filas de la organización, el fundador es conocido en la jerga interna como "el padre", la Obra es "la madre", y todos los miembros son "hijos" y, entre ellos, "hermanos". La madre de Escrivá es "la abuela", y hablan de sus hermanos como "la tía Carmen" y "el tío Santiago". El término "vida de familia" alude a la que se desarrolla a través del trato con otros miembros del Opus Dei.

tarea similar dentro de la burocracia vaticana.

• En sus relaciones con el Vaticano, el Opus Dei cuenta en la Santa Sede con un Cardenal Protector, puesto cuasi honorífico que hace de intermediario oficial entre la organización y los diversos organismos del Vaticano.

• Luego del Consejo regional, continúan, bajando en la pirámide de poder, los denominados consejos locales que existen en todas las ciudades donde la organización ha logrado implantarse.

• En las casas del Opus Dei, existe un director que es siempre un sacerdote y un subdirector, cargo este último ocupado generalmente por un joven dinámico, más un secretario. El primero se encarga de la actividad espiritual de los residentes y neófitos, mientras que el segundo es quien se encarga de todas las actividades prácticas que hacen al funcionamiento de la casa, que se organiza bajo la advocación de los patronos de la Obra de Dios. Existe, por lo tanto, un "encargado de San Gabriel", para los asuntos domésticos, otro de San Rafael para los nuevos socios, mientras que el "encargado de San Miguel" se ocupa de numerarios y oblatos. Se trata de cargos que, generalmente, son rotativos y designados por el subdirector.

GRADOS EN LA ESTRUCTURA

¿Quiénes y de qué manera pueden forman parte de esta organización? Los distintos estamentos que a modo de rígida estructura social, cuasi similar al sistema de castas de la India, conforman al Opus Dei, se basan en los criterios tales como la disponibilidad material, la clase social y la belleza y salud física.

• **Numerario**: entran en esta categoría las personas solteras (de ambos sexos) que cuentan con excelente presencia y que poseen estudios superiores. Este último requisito no resulta

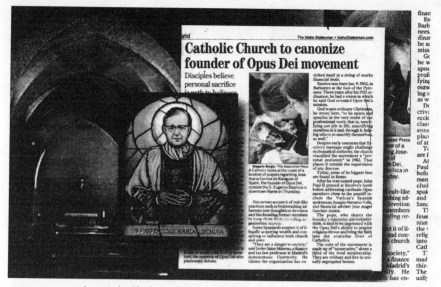

La canonización de José María Escrivá fue reflejada por todos los medios de Occidente.

imprescindible y puede ser suplido por una cantidad de dinero considerable, una buena red de relaciones sociales o por cualidades personales excepcionales. Son la clase de elite dentro de la organización y viven en los centros de la Obra.

- **Oblato**: se trata también de personas solteras de ambos sexos, pero sin estudios superiores, o bien, con ellos pero con algún defecto físico o enfermerdad crónica o cuya familia dependa del trabajo del solicitante.

- **Supernumerario**: este estamento engloba a los individuos de ambos sexos casados, o aquellos que, sin serlo, la organización considere que por algún motivo "no valen". Son vistos como los miembros de tropa de la organización y, de hecho, constituyen la mejor sementera porque están obligados a traer al mundo "todos los hijos que Dios les mande", y a enviarlos a colegios del Opus Dei.

- **Cooperador**: último nivel, al cual no se le exige profesar la religión católica. No son considerados verdaderos miembros del Opus Dei (de allí su nombre), y las únicas exigencias son ayudar

José María Escrivá

económicamente a la Obra y participar de algún retiro.

TÉCNICAS DE RECLUTAMIENTO

Pero... ¿dónde y de qué manera se buscan estos individuos? Antes de comenzar a enumerar los lugares, es importante destacar que, ya desde las mismas páginas de *Camino* (obra de Escrivá) se deja en claro que el Opus Dei no tiene una política de masas sino de selección en cuanto a lo que a reclutamiento se refiere. Escrivá llama a atraer al sabio, al poderoso o al lleno de virtudes. En *Constituciones de la Sociedad Sacerdotal de la Santa Cruz y Opus Dei*, se lee textualmente:

> *"Trabajar con todas las fuerzas para que la clase que se llama intelectual -que es guía de la sociedad civil tanto por la instrucción en que no tiene rival, como por los cargos que ejerce y el prestigio social por el que se distingue- abrace los preceptos de Cristo Nuestro Señor y los lleve a la práctica".*

En este sentido, la Obra de Dios no se distingue de cualquier otra secta que, por lo general, busca a las personas más capaces, activas y educadas que pueda encontrar.

Sin embargo, aunque desde el principio y aún hoy de manera preponderante la organización se dirigió a profesionales y universitarios, también apunta a un público más sencillo, menos elitista a través del semillero de la Obra, la denominada Labor de San Rafael.

En primer lugar, la organización se acerca a los jóvenes a

través de instituciones educativas. Algunas de ellas son Obras corporativas, o sea, colegios que dependen enteramente del Opus Dei, mientras que otras solamente cuentan con la dirección espiritual encomendada a la Obra. En general, no son los profesores quienes realizan la tarea propagandística, sino los preceptores y los alumnos que ya son miembros de la organización. Las universidades también cumplen un rol fundamental al respecto con una estructura similar. Sin embargo, la captación de jóvenes se puede dar (y, de hecho, se da) en cualquier institución educativa o club donde concurran. Una vez que se considera que el novato puede ser captado, se le invita a participar en el llamado Círculo de San Rafael. Una vez allí, en reuniones de menos de una decena de personas, el director del círculo explica algunos puntos de la doctrina cristiana bajo el particular prisma de la Obra. Luego, el director del círculo habla individualmente con ellos. Y de esa manera, con técnicas persuasivas que no excluyen el chantaje emocional (ver "El lavado de cerebro") el joven es conducido a las filas de la Obra de Dios.

Pero la tarea proselitista no se circunscribe exclusivamente a los ámbitos pedagógicos. En las clínicas donde el Opus Dei tiene injerencia, se aprovecha la gratitud de los pacientes que han sido atendidos para intentar insuflarles las ideas de la Obra.

RITOS DE INICIACIÓN

Para ingresar al Opus Dei se debe comenzar con una carta que se acompaña con cuatro fotografías tamaño carnet del solicitante. En la misiva, el demandante expone sus propósitos de manera somera y específica el grado que pasará a ocupar en la organización (numerario, oblato, supernumerario o cooperador), aspecto éste último sumamente importante, ya que se trata de una estructura piramidal donde las jerarquías resultan fundamentales para su buen funcionamiento. Vale destacar que el grado solicitado es el aconsejado por el sacerdote miembro de la Obra de Dios que ha oficiado como director de conciencia durante el período de preparación del solicitante.

En la jerga del Opus Dei, este primer paso se conoce con el nombre de "pitar". La carta, junto a un informe, elaborado posteriormente por los responsables de la casa donde se ha realizado la solicitud, es enviada a Roma, donde se encuentra la sede del Consejo General y cuartel principal del Opus Dei.

En los meses posteriores (aproximadamente, seis) se efectúa lo que, en términos de la organización, se denomina "hacer la admisión", lo que implica que el candidato hace la vinculación jurídica efectiva al Opus Dei a través de una ceremonia. Se trata de un sencillo ritual, donde el postulante lee una breve jaculatoria ante una cruz negra vacía, sin crucificado, teniendo como testigos al director de la casa y al sacerdote que lo dirige. En esa ceremonia, el interesado formula los votos de pobreza, castidad y obediencia.

Un año después de la admisión, se lleva cabo el rito de la oblación. En este punto -luego de un año y medio de la denominada "pitada"- se considera que el neófito vive de acuerdo al "espíritu de la Obra" y está en condiciones de llevar a cabo de manera eficiente las tareas de proselitismo.

Luego, todos los años, el 19 de marzo (fiesta de San José) tiene lugar la renovación de los votos efectuados en la ceremonia de admisión. Para ello, se celebra una misa y luego de la consagración de la hostia y el cáliz, los miembros del Opus Dei vuelven a confirmar su entrega a la Obra.

A los seis años de la oblación tiene lugar el último rito, el de fidelidad, lo que constituye la confirmación definitiva y, a partir de allí, ya no es necesario que el miembro renueve sus votos en la fiesta de San José. En esta ceremonia, el miembro recibe un anillo que deberá llevar de por vida y que lo acredita como socio definitivo del Opus Dei.

MEDIOS DE FORMACIÓN

Por supuesto, para llevar a cabo y sostener una estructura tan claramente piramidal, discriminatoria y jerárquica, hace falta "formar", convencer a quienes serán parte de ella de que están en el camino correcto. Y el convencimiento debe ser muy fuerte y profundo, tal como para que sus adeptos (como lo explicitamos en el punto anterior) estén dispuestos a castigar diariamente sus carnes con un silicio. ¿Cómo hace eso el Opus Dei?

Los principales medios de formación de esta organización son los siguientes:

● **Curso y convivencia**: se realiza una vez por año y tiene una duración de 35 días (para los numerarios) y de 15 días para los oblatos y los supernumerarios. Por supuesto, cada día deben cumplirse las normas de vida cotidiana, y a eso se le agregan clases acerca de la Obra, práctica de deportes, una tertulia luego del almuerzo, otra luego de la cena y estudios de catecismo y teología.

● **Cursos de retiro**: antes conocidos como "ejercicios espirituales", también se llevan cabo anualmente, y su duración es de 6 días para los numerarios y de entre 3 y 5 días para los oblatos y supernumerarios. Cada día, además de cumplir las normas de la vida cotidiana, se incluyen meditaciones, charlas sobre el "espíritu de la Obra" y oraciones.

● **Círculo breve**: con una frecuencia media de dos veces al mes o semanal, comienza con un breve comentario del Evangelio, seguido del exámen de espíritu consistente en repasar los veinticuatro puntos esenciales de la espiritualidad del Opus Dei: castidad, obediencia, pobreza, proselitismo, apostolado, mortificación, etcétera. Al examen le sigue una charla, un poco de tertulia (reunión posterior al almuerzo o la cena para departir un rato y, con ello, mejorar la vida de familia), las preces (oración en latín compuesta por Escrivá y exclusiva de los miembros del Opus Dei) y la denominada enmendatio, especie de autocrítica consistente en ponerse de rodillas delante de todos los miembros de la casa y, en voz alta, decir las faltas de la cuales la persona en cuestión se arrepiente.

• **Corrección fraterna**: consiste en corregir a otro miembro cuando hace algo incorrecto o en desacuerdo con el "espíritu de la Obra". Para ello, primero se "consulta" la corrección con el director del centro y, si éste da su aprobación, entonces se realiza. Una vez "dada" la corrección hay que informar al director del centro de que ya se ha realizado la misma.

• **Confidencia**: confesión de faltas que es oída por el director u otro miembro del Consejo o algún miembro selecto de la casa donde residen en pequeños núcleos los veteranos de la Obra. Además de dar a conocer las faltas del miembro, el Opus Dei considera que tiene la misión de modelar el carácter del individuo e incrementar en él el "espíritu de la Obra".

• **Charla**: se efectúa con un sacerdote y tiene lugar cada quince días. Suele hacerse de modo colectivo.

Sin embargo, todas estas amables denominaciones, en última instancia, no hacen sino encubrir modalidades distintas de una técnica más velada y temida: el denominado lavado de cerebro.

NORMAS DE VIDA COTIDIANA Y PRÁCTICAS DE AUTOCASTIGO

Las normas diarias que debe observar un miembro que vive en una casa del Opus Dei -especialmente en sus primeros tiempos- son rígidas por demás y parte integrante de lo que se considera "espíritu de la Obra". Algunas de ellas son:

• Al levantarse, besar el suelo y ofrecer todas las obras del día a Dios.

• No tomarse más de media hora para asearse y vestirse. Si bien ya no se recomienda explícitamente bañarse con agua fría,

La canonización de Escrivá reunió miles de seguidores en la plaza del Vaticano. Octubre de 2002.

todavía algunos miembros lo siguen haciendo.

• Después del almuerzo se debe realizar un pequeño examen y una visita al Santísimo. En las denominadas "casas de la Obra de Dios", comienza con el "silencio menor", que dura tres horas y tiene como objetivo pensar el tema de la oración que se va a hacer luego.

• Una vez decidido el tema de la oración, se entrega a ella por un lapso de media hora.

• Hacia el final del día, se realiza un examen general con un balance de las actividades (tanto espirituales como monetarias) y comienza el "silencio mayor", que consiste en no hablar hasta la mañana siguiente.

• Antes de acostarse, santiguarse, rociar la cama con agua bendita y rezar de rodillas, con los brazos en cruz, las tres avemarías de la pureza.

• En la calle y otros lugares públicos, deben "guardar la

vista", para evitar las tentaciones que podrían entrar por los ojos. Con este mismo fin, llevan un crucifijo en el bolsillo para poder apretarlo cuando sobrevenga la tentación y, mediante este acto, no caer en ella.

Pero, si bien estas normas -que no son las únicas- son estrictas, lo cierto es que el Opus Dei va más allá a la hora de regir la vida de quienes deciden unir su vida a él. Y es allí donde aparecen las mortificaciones o prácticas de autocastigos que, si bien no se practican de manera obligatoria como en los primeros tiempos, aún hoy se mantienen. Ellas son:

- Llevar silicio durante dos horas diarias.
- El sábado a la noche o el domingo a la mañana, usar disciplinas.
- Dormir sobre tablas.
- Un día a la semana (denominado "dia de guardia"), dormir en el suelo con un libro como cabecera.

Otras mortificaciones referidas por quienes han pertenecido a la Obra son: poner piedras en sus zapatos, abstenerse de beber agua y dormir un número insuficiente de horas.

Camino: guía para un sendero hacia la mortificación

La filosofía (tradicionalista, misógina, elitista) del Opus Dei que sienta las bases para la mortificación espiritual y física de sus adherentes aparece claramente explícita en *Camino*, conjunto de casi 1000 máximas para la meditación escritas por Escrivá, que ve la luz en 1934 y propaga su mensaje por todo el mundo. En ellas, se recomienda no ser flojo ni blando y rechazar cualquier viso de "autocompasión". Entre otros argumentos, se esgrime el hecho de que si Jesucristo redimió a los hombres a través del sacrificio en la cruz, los buenos cristianos deben continuar la redención de la humanidad aceptando con gozo los sacrificios. En ese mismo orden de cosas, en tanto el cuerpo es considerado vehículo de instintos y pasiones, deberá doblegárselo mediante la mortificación y la penitencia. También se recomienda el ayuno riguroso como penintencia gratísima a Dios

TESTIMONIO

"La amarga historia de una numeraria del Opus Dei", escrita por Agustina Lopez de los Mozos Muñoz y publicada por la prestigiosa revista francesa *Marie Claire* en diciembre de 1988, nos permitirá conocer el funcionamiento de la organización desde la valiente palabra de alguien que la vivió en carne propia.

"Una tarde entré en la habitación de una numeraria y, como no había más que una silla, me senté en la cama. Sentí un golpe seco. ¿Era yo? ¿En dónde me había sentado? La numeraria que estaba conmigo se rió.

-¿Te has hecho daño?

-Un poco. Pero, ¿qué clase de cama es ésta?

-Pues, verás, las numerarias dormimos encima de una tabla, sin colchón, y tienen una altura determinada que al taparse con la colcha dan un aspecto de cama normal, por si pasa alguien que no sea de la Obra.

- ¿Y por qué se duerme en una tabla?

- El Padre dice que las mujeres necesitan meter el cuerpo en vereda, que no hay que darle ciertas comodidades porque es fuente de tentación.

Levanté la colcha y, efectivamente, sobre una tabla había una manta que hacía las veces de colchón. Encima se ponía la sábana.

El primer día que dormí en una tabla pasé la noche en vela. La única postura que admite es la de echarse de espaldas, no puedes darte media vuelta porque se te clavan todos los huesos, y mucho menos dormir boca abajo. Hay que hacerse la idea de que es como dormir en el suelo. Pero, después de varios meses, acabas acostumbrándote. Todavía me faltaba enterarme de otro detalle relacionado con la cama; mejor

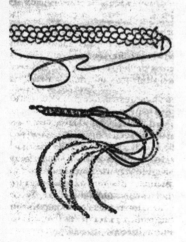

Cilicio y Disciplinario

dicho, con la almohada. Fue en una de tantas charlas, al explicarnos una costumbre de la Obra: el día de guardia. Un día a la semana, cada numeraria se siente responsable, espiritualmente, del resto de las personas de la Obra y para ello tiene que hacer una mortificación especial, además de rezar más de lo habitual. La noche de guardia, la numeraria usa como almohada las guías de teléfono. La combinación tabla-guía de teléfono es una experiencia difícil de explicar"

"Otro día, también por casualidad, estando con una numeraria en el despacho en el que trabajaba dentro del Colegio Mayor, vi que sacaba de un armario una lata como de bombones o caramelos. Le dije que si me daba uno, y me dijo que estaba vacía. Sentí que al moverla sonaba. Y como tenía cierta confianza con ella, le pregunté que entonces qué es lo que tenía. Y me respondió con una sonrisa burlona, diciéndome que no debería decírmelo, porque tendría que ser mi directora quien me lo explicara, pero que ya que había surgido el tema... Abrió la caja y sacó como un cinturón bastante raro; era de alambre trenzado, con las puntas sin limar en la parte interior. Y cogiéndolo de una de las dos cintas que tiene a cada extremo, lo alzó, mientras me decía: esto es un cicilio.
-¿Cómo dices?
-Hija, un cilicio. ¿Es que no lo has visto nunca?
-Te prometo que no.
-Pues las numerarias lo usamos dos horas todos los días.

En ese momento no sabía cómo se podía usar un cilicio dos horas al día, porque yo ya había visto a muchas numerarias y a ninguna le había visto ese extraño cinturón.

-Mira, pones la parte de los pinchos en el muslo, a la altura de la ingle, y con las cuerdas de los extremos te lo atas.

-¡No me lo creo!

-Que sí, en serio, es una norma más; dos horas todos los días, menos los domingos y los días de fiesta.

-Pero te lo pondrás flojito, porque esos pinchos...

-Eso ya depende de la generosidad de cada una. Lo normal es que, al ser una mortificación corporal, y ya que hay que hacerla, se haga bien. Te lo tienes que apretar lo más que puedas. Lo llevas puesto debajo de la falda y nadie lo nota.

A partir de entonces me dieron mi cilicio y me lo ponía dos horas cada día. Un día en una pierna, el siguiente en la otra. Cuando me lo quitaba, notaba cómo los pinchos iban arrancándose de la carne, dejándomela llena de pequeñas heridas sangrantes -una por cada pincho-. Al día siguiente usaba el cilicio en la otra ingle, y así dejaba un día de por medio para que se me cicatrizara. Pero nunca acababan de cicatrizar. Lo peor era cuando se acercaba el verano, porque, como tenía piscina el Colegio Mayor, el traje de baño no tapaba suficientemente las heridas. Y no porque todas lo usáramos estaba bien enseñar las marcas de tal penitencia. Por eso, también, las numerarias usan bañadores con faldita -como los de embarazada o como los de nuestras abuelas-. Me acuerdo que durante unas semanas, en lugar de ponérmelo en la ingle, me lo ataba a la cintura. De esa forma las huellas quedaban mejor tapadas y el dolor no era tan fuerte. Me imagino que no sólo se me debió ocurrir a mí, porque en una charla que nos dieron se hizo hincapié en que el cilicio había que llevarlo en la ingle y que nada de inventos raros. Así que no volví a repetir la experiencia de la cintura.

Había que ponérselo dentro de la casa; es decir, que nadie tenía que salir con él puesto a la calle. El motivo que me dijeron es que resultaría bastante chocante si tenía un accidente y alguien me llevaba a un hospital. El peligro de tenerlo puesto en casa era chocarte con alguien por algún pasillo y que, justo, el encontronazo fuera en el sitio donde llevabas el cilicio. En tales situaciones se sonreía muy forzadamente y te acordabas de la familia de quien se había chocado. Sentarse con el cilicio puesto en la ingle tampoco es ninguna tontería. Ahí sí que ya no se te ocurría levantarte por nada del mundo, una vez que habías encontrado la postura. Y todo ello con la mayor naturalidad, sin perder la sonrisa, que es de muy buen espíritu".

"Lo de las `disciplinas´ me enteré al año y pico de estar en la Obra. Se trata de otra mortificación corporal: un látigo de cuerda que termina en varias puntas. Se usa los sábados, sólo los sábados. Entras al cuarto de baño, te bajas la ropa interior y, de rodillas, te azotas las nalgas durante el tiempo que tarda en rezarse una salve. Yo he de decir que rezaba la salve a cien por hora, porque los latigazos en una zona tan dolorosa dejaban la piel en carne viva por mucho que corrieras en recitar la oración."

EL LAVADO DE CEREBRO

De manera paralela a la técnicas de mortificación corporal, se lleva a cabo una tarea más sutil e incorpórea, pero no por eso menos importante: el tan mentado "lavado de cerebro", que no es sino, una sofisticada técnica de mortificación psicológica que, en este caso, permite arribar a una conversión manipulada.

El reclutamiento de individuos responde a lo que se ha denominado "proselitismo sectario". Tanto jóvenes como adultos que no tienen bases sólidas (especialmente psicológicas) son presa fácil de este tipo de técnicas que, generalmente, consisten en un peligroso cóctel de afecto y culpabilización. Suelen comenzar con un diálogo positivo que, paulatina y casi imperceptiblemente, va adquiriendo características de un verdadero control mental, con uso de técnicas de cambio abusivo de conducta. Desde que los jóvenes ingresan a los grupos, un tutor o tutora es la encargada de recabar información acerca de su vida familiar: cómo se llevan sus padres, si van a misa, etcétera. Una vez a la semana, hay un sermón (generalmente a cargo del cura, pero puede estar también a cargo de un tutor o tutora), donde se tematiza de manera culpógena alguna cuestión: el divorcio, las relaciones prematrimoniales, etcétera. A partir de charlas individuales entre el director y los muchachos, el primero va alentando una dependencia psicológica a este tipo de conversaciones, que tienen por objetivo generar una crisis vocacional en el joven.

El aislamiento cumple un rol fundamental en esta etapa, ya que la eliminación de la información e influencia externa (familia, medios de comunicación) que podrían romper el proceso de asimilación de sentimientos, actitudes y patrones de conducta es lo que facilita el control del proceso racional de pensamiento. Es el aislamiento el que hace posible la integración de contenidos mentales sectarios. ¿De qué manera se produce el aislamiento? Las modalidades son varias. Los retiros espirituales son unas de las más asiduas y efectivas, ya que en ellos el aspirante permanece varios días en silencio, atento a las charlas y disertaciones, en una residencia o chalet aislado. Por otro lado, se ejerce una férrea censura acerca de los libros que el aspirante puede leer. Colm Larkin, un ex numerario irlandés, relata que todo libro que pudiese ser leído por algún miembro del Opus Dei llevaba un coeficiente de censura que iba de 1 a 6. Aquellos marcados con el 1, podían ser leídos por todos, mientras que para leer un libro perteneciente a la clase 2 se debía pedir permiso. Aquellos que iban del 3 al 5 podían ser leidos por socios, dependiendo de su veteranía, y los marcados con el número 6 estaban absolutamente vedados. Pero tal vez, la máxima expresión del aislamiento y control de influencia externa a que son sometidos los aspirantes y luego los numerarios, sea el hecho del control epistolar, o sea, abrir y leer las cartas antes de entregárselas a sus correspondientes destinatarios.

Luego, se pasa a destruir el ego del joven, a minar su personalidad, para que ésta no interfiera a modo de escollo del desarrollo colectivo. Se trata de destruir la personalidad con la que el neófito ingresó, para "fabricarle" otra más acorde al funcionamiento y los objetivos de la Obra. Para ello, teniendo en cuenta que todo individuo es una unidad psico-física, se comienza con incitaciones al desprecio del propio cuerpo, ya que despreciarlo es un buen punto de inicio para hacer otro tanto con la totalidad de la persona. Y por supuesto, en estos sentimientos de aversión hacia el propio cuerpo, aparece especialmente destacado todo lo vinculado a la sexualidad y el erotismo, que es calificado sin más de "pecado mortal". El joven comienza despreciando su cuerpo considerándolo un enemigo, algo indigno de confianza, para pasar a tener iguales sentimientos para consigo mismo, lo cual lo lleva a depositar la confianza que antes tenía en sí mismo en su director-instructor. Por supuesto, con la personalidad ya tan disuelta, la confianza depositada en el superior es total y absoluta. En esta etapa es donde comienzan todo tipo de mortificaciones corporales que se han detallado más arriba (uso de cilicios, disciplinas, etcétera), y que el neófito acepta en aras de conseguir la salvación de la que tanto se le habla y de "agradar" a sus superiores y pares de la organización.

Paralelamente se lleva a cabo toda una serie de tácticas tendientes a alterar la consciencia y producir disturbios intelectuales, de manera tal que se interrumpa el proceso natural de pensamiento: adocrtinamiento constante y repetitivo (por ejemplo, un mismo mensaje repetido una y otra vez, casi hasta el infinito), utilización de frases hechas y clichés que resultan de fácil comprensión y retención, etcétera. En toda esta etapa del proceso, es fundamental mantener al neófito constantemente ocupado y siempre acompañado.

Llegado este punto, aislado, flagelado en cuerpo y alma, bombardeado por consignas, siempre activo y nunca solo, poco es lo que queda de un individuo libre. El trabajo continuo, la fatiga que ello conlleva, el sufrimiento corporal y psíquico, hacen que le sea prácticamente imposible pensar, discernir. El cansancio físico y la falta de sueño lo conducen, inevitablemente, a un debilitamiento de sus facultades intelectuales y de su voluntad.

Ya es todo un digno miembro de la Obra de Dios.

MÁS ALLÁ
DEL CÓDIGO
DA VINCI

GLOSARIO

GLOSARIO

El siguiente glosario fue elaborado con el siguiente criterio:

- Algunas de sus palabras forman parte del cuerpo principal de éste libro y están poco desarrolladas en él por lo que el glosario las amplía (por ejemplo, Asmodeo, Sol Invictus)
- Por otro lado, algunas aparecen muy brevemente explicadas en este apartado, ya que están suficientemente desarrolladas en el cuerpo principal (ej: culto a la diosa, María Magdalena, merovingios)
- Por último, aparecen términos que no se encuentran presentes en este libro, pero sí brevemente en *El código da Vinci* y aquí se los desarrolla y amplía. (Alfabeto hebreo, tarot)

Alfabeto hebreo: el hebreo es una lengua semítica adoptada originariamente por los ibri, o israelitas, cuando tomaron posesión de la tierra de Canaán, al oeste del río Jordán, en Palestina. Sus letras, además de una forma muy bella, contienen profundos significados no sólo en cada una de ellas sino también en la combinación de las mismas formando palabras. Asimismo, cada una de ellas tiene un valor numérico, y éste ayuda a los cabalistas a realizar valiosas interpretaciones. A continuación, una breve sinopsis de cada una de sus letras, su

ا ب پ ت ث ج چ ح خ
ظ ع غ ف ق ك ک ل
١٢٣٤٥٦٧٨٩٠
ا ب پ ت ث ج چ ح خ
ظ ع غ ف ق ك ک ل
١٢٣٤٥٦٧٨٩٠

El alfabeto hebreo es una lengua semítica adoptada originariamente por los israelitas

valor numérico y su significado.

Aleph: primera letra del alfabeto hebreo, su valor aritmológico es 1 y simboliza la fuerza divina penetrante que se experimentará en el acto creador al descubrir el nacimiento de las diferentes letras.

Bet: segunda letra, con valor 2, corresponde al día segundo del Génesis, cuando Dios separó las aguas de arriba de las de abajo.

Gimel: tercera letra, de valor 3, es el símbolo del movimiento del hombre en su camino desde su ontología a su escatología.

Dalet: cuarta letra, de valor 4, es símbolo de pausa, prueba y prisión.

He: quinta letra de valor aritmológico 5, es la vida expresada en el soplo.

Waw: sexta letra, de valor 6, representa algo completo y terminado, ya que el mundo fue creado en seis días.

Zayin: séptima letra, de valor 7, simboliza los valores espirituales que son la finalidad del mundo.

Het: octava letra, de valor 8, representa la posibilidad del ser humano de traspasar los límites de la tierra. Por otra parte, designa el pecado, pero también la purificación.

Tet: novena letra, de valor 9,

expresa la perfección de la creación, pero también simboliza la protección de lo divino.

Yod: décima letra, de valor 10; al estar relacionada con la palabra "yad" (que significa "mano") alude a la acción y al poder creativo.

Kaph: undécima letra de valor aritmológico 20, simboliza el Keter, la corona.

Lamed: duodécima letra, de valor 30, su nombre significa "enseñar, instruir, aprender".

Mem: decimotercera letra, de valor 40, es esencialmente un símbolo de la matriz y las aguas primordiales.

Nun: decimocuarta letra, de valor 50, está íntimamente ligada a la unidad y la totalidad.

Samekh: decimoquinta letra, de valor aritomólogico 60, es para los hebreos la Tradición e indica el concepto del apoyo divino.

Ayin: decimosexta letra, de valor 70, marca el oscurecimiento necesario por el que debe pasar toda búsqueda cuya meta es la conquista de la luz. También representa la comprensión y la visión interna.

Pe: decimoséptima letra, de valor aritmológico 80, su nombre proviene de la palabra "peh" (que significa

Las letras del alfabeto hebreo contienen profundos significados no sólo en cada una de ellas sino también en la combinación de las mismas.

Representación de Asmodeo.

"boca") y, por ello, es símbolo de la apertura y la palabra.

Tsade: decimoctava letra, de valor 90, su ideograma arcaico simboliza una cabeza de arpón.

Qoph: decimonovena letra, de valor 100, indica y simboliza la santidad divina.

Res: vigésima letra, de valor aritmológico 200, alude al principio, a la cabeza, a la cosa principal.

Sin: vigésima primera letra, de valor 300, su símbolo es una reserva de energía y la explosión cósmica que contiene.

Taw: vigésima segunda letra, de valor 400, es la inicial de la palabra "taw", que significa "marca", "signo".

Archivos secretos del Vaticano: colección de libros, códices y pergaminos que se encuentran en la Santa Sede y cuyo acceso se halla vedado al público.

Asmodeo: uno de los demonios más poderosos, ya que supuestamente tiene bajo su mando a setenta y dos legiones infernales y se lo supone -según el libro de Tobías- inspirador de placeres bajos y carnales. Se le atribuye haber sido la serpiente que tentó a Eva y, por lo tanto, se lo representa con cola de serpiente.

Pero en su imagen intervienen también los siguientes simbolismos satánicos: las tres cabezas -toro, hombre y carnero-, las patas de cuervo y el dragón que le sirve de cabalgadura. En la Tierra, el trabajo de este demonio es ambiguo: además de ser el señor de los placeres, se lo supone ligado a la geometría, a la astronomía y a los tesoros ocultos. Según la leyenda asistió a Salomón en la construcción de su templo. Los documentos secretos del Priorato de Sión lo mencionan como un "demonio guardián", y los cátaros lo adoraban como "Rey del mundo".

Baphomet: ídolo pagano y demoníaco de cuya adoración se acusó a los caballeros de la Orden Templaria.

Capilla de Rosslyn: también conocida como "la Catedral de los enigmas", se trata de un templo que se encuentra en Escocia, a unos 10 km de Edimburgo y que contiene una profusión de símbolos cristianos, pero también masónicos, egipcios, paganos y hebreos. Contrariamente a la opinión popular, no fue construida por los Templarios, sino por Sir William St. Clair en el siglo XV, cuando los Templarios hacía más de una centuria que habían sido destruidos.

Fachada e interior de la Capilla de Rosslyn

Entrada de Castel Gandolfo

Castel Gandolfo: residencia de verano del Papa, ubicada en el lago Albano, a 30 km de Roma. Es una tradición que el Sumo Pontífice pase allí sus vacaciones, desde la época de Urbano VIII. Data del siglo XVI y alberga la Specula Vaticana, observatorio astronómico papal, y posee unos maravillosos jardines.

Cátaros: recibieron este nombre aquellos que se consideraron los auténticos descendientes de los primeros cristianos y que se arraigaron en Occidente y, de modo particular, en las tierras de Occitania, al sur de Francia. También fueron conocidos con el nombre de albigenses, que tomaron de la famosa ciudad de Albi. El nombre de cátaros proviene del griego "puro", y lo recibieron de los católicos. Ellos mismos se llamaban cristianos u "hombres buenos". El catarismo fue una filosofía que rescataba los conceptos más humanos del cristianismo y tenían como máximo libro el Evangelio de San Juan. Uno de los puntos centrales del propósito de vida cátara era la observación literal de los preceptos de Cristo, especialmente de los del Sermón de la Montaña. Caracterizados por el rechazo total a la violencia, la mentira y el juramento, los cátaros se mostraron a las poblaciones cristianas como unos predicadores (itinerantes y pobres individualmente) de la Palabra de Dios. Su doctrina enseñaba una visión dualista del universo, con dos principios antagónicos, el bien y el mal, y, al atribuirle la creación del mundo a este último, suponían que todo lo material simbolizaba lo negativo y pecaminoso. La única manera de alcanzar la salvación radicaba en seguir las enseñazas de Jesús, quien había mostrado al mundo el camino de la redención. No aceptaban la guerra ni la matanza de animales, así como tampoco reconocían la autoridad de reyes, obispos y el Papa. Con sus actos, lograron anular a los curas de Languedoc, ya que no acordaban con el poder temporal de la Iglesia. Por supuesto, todo ello no era bien visto por Roma, y aunque se hicieron esfuerzos profundos por parte del clero para llevar a los cataros a la ortodoxia católica, en ningún momento lo consiguieron, sino que lograron que poco a poco crecieran sus adeptos. La Iglesia intentó recurrir a las ordenes religiosas para que pusieran baza, pero ni los cistercienses ni los dominicos lo consiguieron. El asesinato en 1208 de Pedro de Castelnou, legado pontificio, en extrañas circunstancias, dio margen al Papa Inocencio III

Persecución de los Cátaros durante la Inquisición

Los Cátaros fueron persegui-
dos por la Iglesia hasta el
exterminio.

a cambiar de táctica y utilizar la violencia en contra de los cátaros. Se inició así una verdadera cruzada contra los ellos que fue, entre otras cosas, una gran ocasión que se le brindó a la monarquía francesa del Norte para ocupar las tierras del Sur, más rico y civilizado. De esta manera, la Iglesia consiguió adeptos que le ayudaran en el exterminio. La violencia contra los cátaros continuó años más tarde con los procedimientos empleados por la Inquisición.

Clave de bóveda: técnica secreta para la construcción de arcos abovedados.

Código de Atbash: código hebreo de escritura invertida, en donde la primera letra se sustituye por la última, la segunda por la penúltima y así sucesivamente. Data de aproximadamente el año 500 a.C. Se encuentra en la Cábala, en los rollos del Mar Muerto y en el Antiguo Testamento. También se cree que fue utilizado por los Templarios.

Código Leicester: cuaderno de notas de Leonardo da Vinci, realizado en Milán entre 1506 y 1510. Consta de 72 páginas y contiene brillantes notas científicas y excelentes deducciones. Toma su nombre de la familia inglesa que lo adquirió en 1717, y está ahora en poder de Bill Gates, co-fundador de Microsoft, el hombre más rico del mundo.

Criptex: recipiente portátil ideado por Leonardo Da Vinci para contener cualquier tipo de documento (cartas, mapas, diagramas) de manera tal que la información quede sellada en su interior y sólo pueda acceder a ella la(s) persona(s) que conozca la contraseña.

La cruz ha sido un símbolo que ha trascendido a distintas civilizaciones.

Cruz: símbolo de muerte y redención para los cristianos, la cruz ya poseía desde mucho tiempo atrás un significado profundo para diversos pueblos. Entre los galos, se le atribuían poderes fructificadores; para los persas, era un talismán contra el mal y la muerte; en la religión siria era un intrumento de sacrificio a Baal, etcétera. Aún en la actualidad, cruces de diversos tipos cumplen la función de amuletos o talismanes. Se trata de una figura que puede considerarse de dos maneras distintas: bien como la intersección perpendicular de dos líneas, bien como un punto del que parten cuatro radios en cuatro direcciones. Por ello, la cruz puede considerarse como un símbolo de conjunción o de inversión.

(De izquierda a derecha)
Antigua cruz fenicia, cruz
egipcia, cruz celta.

Cruz celta (izq.), cruz griega (der.).

Antigua cruz svástica

Monograma de Cristo

La línea vertical alude al principio positivo, en tanto eje del mundo, elevación y elemento espiritual; contrariamente, el travesaño es el principio negativo: orden y sujección al mundo. Por elló, la cruz simboliza también el momento en que se acercan la vida y la muerte, significado que aparece por demás claro en el caso de la cruz de Cristo. El uso de la cruz cristiana fue difundido principalmente por los sirios durante los primeros siglos de nuestra era y no fue aceptado desde un primer momento, sino progresivamente. La razón de ello radicó en que la cruz constituía el más vergonzoso instrumento de tortura e ignonimia y resultaba demasiado terrible para los cristianos aceptarla como signo de su señor. Sólo con el paso de los siglos fue aceptado como símbolo principal. Según la tradición, la auténtica cruz de Cristo estaba construida con madera de olivo, ciprés, cedro y palmera, y sus cuatro brazos representaban las cuatro partes del mundo, las cuatro estaciones del año y los cuatro vientos.

Cruz templaria: cruz roja cuyos brazos son más anchos en sus extremos que en su nacimiento. Fue adoptada por los Caballeros de la Orden de los Templarios a modo de insignia, adornando el manto blanco que constituía el hábito de la Orden.

Culto a la diosa: formas religiosas de carácter matriarcal propias de la antigüedad. En la gran mayoría de ellas cumplían papeles fundamentales la sexualidad femenina, la concepción, el parto y la idea de tierra entendida como vientre. Contrariamente a los cultos de orden patriarcal, el culto a la diosa estuvo generalmente exento de crueldad.

Dios Mitras: también conocido como Mithra, se trata de una deidad persa y del Imperio Romano. En realidad, fue un ser humano divinizado que se cree que nació en el año 386 a.C. en Pontus, un país asiático. Bajo la denominación de Mitras I, fue gobernador de aquellas regiones hasta que logró formar su propio imperio. Su sucesor, Mitras II, fue conquistado por las huestes de Alejandro Magno y le cedió las tierras que tenía. En la misma línea de sucesión, hubo cinco Mitras más: el séptimo fue conocido como Mitra el Grande. Es posible que, en el primer caso, Mitras haya viajado por los distintos pueblos cercanos a su imperio y, dentro de la misma Persia, dejado a alguien en su

Cruz de malta o templaria.

Imagen de la Diosa Madre con un cuerno, símbolo de recepción y abundancia. Museo de Aquitania, Burdeos, Francia.

El Dios Mitras

lugar, y tomado al regresar el nombre de Mitras II, como si fuera su sucesor. En medio de las guerras constantes que asolaban a su pueblo, Mitras procuró encontrar la armonía entre su espíritu y Dios, empresa en la que fue exitoso y, poco a poco, ese equilibrio interno comenzó a reflejarse en el exterior, como una consecuencia de la bondad de su alma. De este modo, surgió una leyenda de misterios en torno a su persona, leyenda que creció en importancia hasta que Mitras se convirtió en el principal dios persa, personificando la luz del mundo y, por consiguiente, al enemigo del mal y de las tinieblas. Se lo consideró hijo del dios sol y se decía que había nacido en una cueva o caverna durante el solsticio de invierno. Sus fiestas -deslumbrantes y extensas- se celebraban en pasadizos subterráneos durante el día más corto del año. También se llevaban a cabo diariamente ritos en su honor, con el canto de himnos en un altar erigido en el monte Pyraethea, en el cual, protegido por una especie de celda, ardía el Fuego Eterno. Los misterios de Mitras, celebrados de esa manera, se extendieron por toda la Mesopotamia, hasta llegar a Roma y expandirse por todo el Imperio Romano. Todos los monumentos que se alzaron en su nombre tenían siete altares o piras consagrados a los siete planetas que los antiguos persas conocían perfectamente. Las cuevas en que se lo alababa eran, pues, verdaderos "planetarios", ya que representaban la totalidad del Cosmos, con sus planetas, sus órbitas alrededor del Sol y sus respectivas distancias y tamaños. Finalmente, hacia el siglo IV, el mitraismo -nombre de la religión originada en el culto a este dios- desapareció, al igual que muchos otros cultos paganos, ante el avance del cristianismo. Muchos de sus fieles se volcaron a la religión cristiana, mientras que otros adhirieron a la secta de los maniqueos.

Estrella de David

Documento Q: libro con enseñanzas de Jesús que, se supone, puede haber sido escrito de su puño y letra.

Dossier secreto: archivos secretos del Priorato de Sión que fueron hallados en la Biblioteca Nacional de París. Contienen la historia del Priorato, una lista de los Grandes Maestres, recortes de diarios y cartas y genealogías, entre otras las de los descendientes de Jesús y María Magdalena.

Estrella de David: también conocida como el sello de Salomón, se trata de un

Flor de Lis

hexagrama que se forma con dos triángulos superpuestos. En un principio fue símbolo de los sacerdotes astronómicos y posteriormente fue adoptado por los reyes israelitas David y Salomón. Puede considerarse que el triángulo que apunta hacia arriba es una espada (símbolo eminentemente masculino), mientras que el inverso es un cáliz, que representa lo femenino y que, por lo tanto, la estrella de David es un símbolo de la unión perfecta entre el hombre y la mujer.

Flor de lis: flor de lirio, vegetal de amplia simbología. Se le han atribuido connotaciones de luz, pureza, vida y perfección. Tradicionalmente, ha sido utilizada para representar la nobleza francesa. Una de sus leyendas cuenta que un ángel le obsequió al rey merovingio Clovis un lirio de oro como símbolo de su purificación, por su conversión al cristianismo. Otra versión relata que Clovis aceptó el símbolo cuando los lirios de agua le mostraron el camino para cruzar un río y ganar una batalla. En el siglo XIV, la flor de lis fue a menudo incorporada en las insignias de familia francesas, cosidas en el manto del caballero, que era usado por su propietario sobre la cota de malla. El propósito original de identificación en batalla derivó en un sistema de designación social de status. Por otro lado, la Iglesia Católica utiliza la flor de lis como emblema especial de la Virgen María y, debido a sus tres pétalos, también ha sido usada para representar la Santísima Trinidad.

Hieródulas: sacerdotisas consagradas al culto a la diosa que celebraban el misterio del amor carnal en el sentido no de un rito formalista y simbólico, sino de una ceremonia mágica operativa: para alimentar la corriente de psiquismo que daba cuerpo a la presencia de la diosa y, al mismo tiempo, para transmitir a los que se unían a ellas, como en un sacramento, la influencia o virtud de esa deidad. Se consideraba que encarnaban en cierta forma a la diosa, que eran las "portadoras" de la divinidad femenina. En esos rituales, el acto sexual desempeñaba, por una parte, la función general propia de los sacrificios evocatorios o capaces de reavivar presencias divinas y, por otra, un papel estructuralmente idéntico al de la presencia eucarística: era, para el hombre, el medio de participar en el sacrum, llevado y administrado por una mujer. Se trataba, básicamente, de una técnica para obtener un

La Flor de Lis es utilizada como representación de la Virgen María y de la Santísima Trinidad.

Representación del Hieros Gamos

contacto con la divinidad y abrirse a ella, a través de la interrupción de la consciencia ordinaria e individual que el acto sexual trae consigo. A menudo se las ha llamado, de una forma un tanto peyorativa, "prostitutas sagradas".

Hieros Gamos: matrimonio sagrado ritual, cuyos antecedentes se remontan a los sumerios. En ese ritual, la diosa, encarnada en el cuerpo de la suma sacerdotisa, practicaba el acto sexual con el gobernante del país para mostrar su aceptación por parte de la diosa como protector de su pueblo. Luego, de manera más amplia, se consideró la hierogamia como la unión ritual de un hombre y una mujer, destinada a celebrar y renovar el misterio de la unión del eterno masculino con el eterno femenino, del cielo con la tierra. Se consideraba que las personas que cumplían esos ritos encarnaban los correspondientes principios y su unión física momentánea se convertía en una reproducción evocativa de la unión divina más allá del tiempo y del espacio.

Hombre de Vitrubio: obra de Leonardo Da Vinci, que consta de la visión del hombre como centro del universo, al quedar inscripto en un círculo y un cuadrado. Este último es la base de lo clásico: el módulo del cuadrado se emplea en toda la arquitectura clásica y el uso del ángulo de 90° y la simetría son bases grecolatinas de la arquitectura. En él se realiza un estudio anatómico buscando la proporcionalidad del cuerpo humano, el canon clásico o ideal de belleza. Sigue los estudios del arquitecto Vitrubio (Marcus Vitruvius Pollio) arquitecto romano del siglo I a.C., a quien Julio Cesar encargara la construcción de máquinas de guerra. El hombre de Vitrubio es un claro ejemplo del enfoque globalizador que Leonardo desarrolló muy rápidamente durante la segunda mitad de la década de 1480. Trataba de vincular la arquitectura y el cuerpo humano, un aspecto de su interpretación de la naturaleza y del lugar de la humanidad en el "plan global de las cosas".

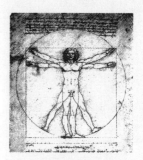

El hombre vitruviano, la obra de da Vinci sobre las proporciones perfectas

Iglesia del Temple: ubicada en Londres entre el río Támesis y Fleet Street, se trata de un edificio del siglo XII que fue levantado por los Caballeros Templarios y consagrada en 1185 por Heraclio, patriarca de Jerusalén, en una ceremonia en la cual, según muchas especulaciones, estuvo presente Enrique II, rey de Inglaterra.

Isis, la diosa
de los misterios egipcios

Iglesia de Saint-Sulpice, París.

Originalmente, además del templo poseía casas para los caballeros, áreas recreativas y lugares para entrenamiento militar. Luego de 1307, cuando la orden de los templarios fue destruida, Eduardo II tomó control de ella y la convirtió en una posesión de la corona. Más tarde, fue entregada a la Orden de los caballeros hospitalarios.

Es circular y está inspirada en la iglesia del santo sepulcro de Jerusalén. En el pasado, fue escenario de muchas páginas famosas de la historia británica y, actualmente, tiene servicios los domingos.

Iglesia Saint-Sulpice: templo parisino construido originalmente por los merovingios, que posee una planta prácticamente idéntica a la de Notre Dame. El Priorato de Sión asegura que fue erigida sobre las ruinas de un antiguo templo dedicado a la diosa egipcia Isis.

Isis: divinidad egipcia femenina. Se trata de la diosa más poderosa del antiguo Egipto y está vinculada a la maternidad y la fertilidad.

Línea Rosa: suerte de antiguo meridiano de Greenwich, primera longitud cero del mundo. Se trataba de una línea

La iglesia del Temple, en Londres, cobija varias efigies de caballeros cruzados.

imaginaria trazada entre ambos polos (norte y sur) a partir de la cual se medían todas las demás longitudes terrestres y que atraviesa la Iglesia de Saint-Sulpice, en París.

Malleus Maleficarum: (martillo de los brujos) libro de finales de la Edad Media para ayudar a los inquisidores a detectar y combatir la brujería. Sus autores fueron Jakob Sprenger y Heinrich Kramer, dos monjes dominicos que fueron nombrados inquisidores con poderes especiales, por bula del Papa Inocencio VIII, para que investigasen los delitos de brujería en el norte de Alemania. Este célebre manual de caza de brujas data de 1486 y tuvo más de treinta ediciones durante los dos siglos siguientes. Aunque hubo otros

Portada del *Malleus Maleficarum*. Escrito en 1486 por monjes dominicos, este manual para la persecución de brujas y hechiceros fue utilizado durante dos siglos por católicos y protestantes.

de aparición posterior (tal como el *Compendium Maleficarum*) en su mayoría son simples paráfrasis del *Malleus*.

Spranger y Kramer hacen hincapié en que la brujería es un fenómeno esencialmente femenino, con lo cual ponen de manifiesto el antiguo sentimiento de misoginia y el recelo de la Iglesia hacia las mujeres; las hijas de Eva son, para esta institución, un foco de eterna tentación. En un pasaje afirman acerca de la mujer: "su semblante es como un viento que quema, y su voz como el silbido de una serpiente, pero puede lanzar maleficios sobre infinidad de animales y humanos." A esto se agrega un temor a la sexualidad femenina. Las páginas del libro relativas a la mujer dicen mucho sobre el temor y el desprecio que estos dominicos les profesaban, haciéndose eco de una postura por demás común en la iglesia de aquella época.

El libro se divide en tres partes. La primera se dedica fundamentalmente a demostrar la realidad y peligrosidad de la hechicería. En la segunda, se definen las tres clases de brujas (las que hacen enfermos y los sanan, las que sólo hacen enfermos y las que sólo saben curar), con lo cual, de acuerdo a la última categoría, cualquier sanadora popular podía ser acusada de hallarse en connivencia con el demonio; en esta parte también se recomiendan algunas defensas contra los maleficios. Por último, la tercera parte constituye una suerte de guía de cómo conducir un proceso contra un brujo o bruja donde, por supuesto, argumentan la licitud del uso de la tortura.

Uno de los Códices del famoso manuscrito de Naj Hammadi.

Manuscritos de Naj Hammadi: conjunto de códices encontrados en 1945 en Egipto. Contienen una serie de obras gnósticas, y conforman buena parte de los denominados Evangelios Apócrifos en tanto fueron descartados al armar la versión canónica u oficial de la Biblia. Contenido:

• Códice 1
  + Oración del apóstol Pablo
  + El Libro secreto de Santiago
  + El Evangelio de la verdad
  + El Tratado sobre la resurrección
  + El Tratado tripartita

• Códice II
  + El Libro secreto de Juan
  + El Evangelio según Tomás
  + El Evangelio según Felipe
  + El Hipostas de los arcontes
  + Sinfonía de la herejía 40 del Panarion de Epifanio

Uno de los Códices
del famoso manuscrito de
Naj Hammadi.

+ La Exégesis del alma 12.
+ El Libro de Tomás el Atleta
● Códice III
+ El Libro secreto de Juan
+ El Evangelio de los Egipcios
+ Eugnosto el Dichoso
+ La Sophia de Jesús Cristo
+ El Diálogo del Salvador
● Códice IV
+ El Libro secreto de Juan
+ El Evangelio de los Egipcios
● Códice V
+ Eugnosto el Dichoso
+ Apocalipsis de Pablo
+ Apocalipsis de Santiago
+ Apocalipsis de Santiago
+ Apocalipsis de Adán
+ Fragmento de Asclepsio
● Códice VI
+ Los Actos de Pedro y de
los doce apóstoles
+ El Trueno, intelecto perfecto
+ Authentikos Logos
+ Aisthesis dianoia noèma
+ Paso paráfrasis de la
República de Platón
+ Discurso sobre la ogdoada
y la enneada
+ La Oración de acciones
de gracias
+ Apocalipsis de Pedro
+ Enseñanzas de Siluanos

+ Las Tres Estelas de Set
- Códice VII
  + La Paráfrasis de Sem
  + El Segundo Tratado del
    gran Set
  + Zostrianos
  + La Epístola de Pedro a Felipe
- Códice IX
  + Melchisedeq
  + El Pensamiento de Norea
  + El Testimonio de la Verdad
- Códice X
  + Marsanès
- Códice XI
  + La Interpretación del
    Conocimiento
  + Exposiciones valentinianas
  + Revelaciones recibidas por
    Allogene Hipsifrones
- Códice XII
  + Las Sentencias de Sexto
  + Fragmento central del
    Evangelio de la Verdad
  + Fragmentos no identificados
- Códice XIII
  + La Protennoia trimorfa
  + Fragmento del 5° tratado
    del códice II

María Magdalena, esposa
de Jesús

María Magdalena: descendiente de
la tribu de Benjamín, fue la esposa de
Jesucristo y la madre de su hija, Sarah

Museo del Louvre.

Merovingios: primera y mítica dinastía franca de la Edad Media, descendientes de Jesucristo.

Misterio de Sheshach: "Sheshach" es "Babel" escrito según el código Atbash. La palabra "misterio" alude a que durante años, los estudiosos estaban desconcertados ante las referencias bíblicas a una ciudad llamada Sheshach. Al aplicarle el código Atbash, se reveló que se trataba de Babel.

Museo del Louvre: ubicado en París, fue fundado en 1793. Sus colecciones están organizadas en siete departamentos y reunen obras que van desde el nacimiento de las grandes civilizaciones llegando hasta la primera mitad del siglo XIX, entre las que se cuentan trabajos de Rembrandt, Tiziano, Rubens y una de las esculturas más famosas de toda la historia: la Venus de Milo. Contiene, además, una importante colección de antiguedades griegas y romanas, así como un departamento dedicado al antiguo Egipto.

Número Phi: 1,618, cifra derivada de la secuencia Fibonacci, que posee un papel fundamental en tanto molde bási-

co de la naturaleza. Por ejemplo, Phi es el resultado de la razón entre el diámetro de cada tramo del espiral de un nautilo con el siguiente, es el número de espirales que forman los granos del fruto de los pinos, etcétera. Por esa razón, los antiguos creían que ese número había sido predeterminado por el Creador del Universo, y los primeros científicos la bautizaron con el nombre de "la divina proporción". Para numerosos artistas representaba la máxima expresión de la belleza, la proporción perfecta, de allí que aparezca en innumerables edificios y obras de arte desde la antigüedad hasta nuestros días, como por ejemplo el Partenón y la pirámide de Keops.

El pentagrama simboliza la figura del hombre con los brazos y las piernas extendidas. Sus cinco puntas representan el espíritu, el aire, el fuego, el agua y la tierra, pero para los cristianos simboliza las cinco heridas de Cristo. Es uno de los símbolos preferidos por los magos, puesto que tiene el poder de ahuyentar los malos espíritus y atraer la buena suerte. Sin embargo, inadvertido representa la cabra del demonio y el pie de la bruja.

Pentáculo: el esoterismo denomina pentáculo, pentagrama, pentalfa, pentaclo y -curiosamente- pie de bruja a la estrella de cinco puntas. Este símbolo constituye la representación geométrica del número cinco y sintetiza la unión de los desiguales. Es un cosmos a pequeña escala, ya que suma el principio masculino y el principio femenino. Tal como se menciona en *El código da Vinci*, es un símbolo precristiano relacionado con el culto a la naturaleza y al mundo, concebido en términos de masculino y

Pentáculo

femenino.

Según parece, este símbolo tuvo su origen en Egipto, como representación de Horus, dios que personificaba la semilla universal de todos los seres, la materia prima de la humanidad. Los seguidores del matemático griego Pitágoras la usaban para reconocerse entre ellos. Los cristianos primitivos también la adoptaron antes que la cruz. Paracelso, el alquimista y médico de Basilea consideraba al pentáculo como la más poderosa fórmula simbólica; en consecuencia, el ocultismo transformó esta representación del conocimiento pitagórico en camino hacia la magia. En los conjuros y rituales, puede simbolizar tanto las fuerzas del bien como las del mal. Cuando sólo un vértice se orienta hacia arriba sugiere la forma del cuerpo humano (la cabeza, los brazos y las piernas abiertas) y se utiliza en prácticas de magia blanca o teurgia. Esa postura refleja el equilibrio activo y la capacidad comprensiva que debe poseer el hombre para hacerse un centro de vida que irradie luz propia. La representación del hombre dentro de la figura geométrica (ver "Hombre de Vitrubio"), es sinónimo de canon estético, símbolo de belleza y secreto de la divina proporción. Cuando la figura se invierte, los dos vértices superiores semejan los cuernos del diablo, por lo que se la emplea en magia negra o goccia. Entre los masones, el pentagrama bautizado como Estrella Resplandeciente era el emblema de genio que eleva las almas para conseguir los grandes fines. Se cree que, justamente, a causa de la masonería es que la estrella de cinco puntas forma parte de los emblemas de Estados Unidos, Rusia y varios países de Medio Oriente.

El mítico Rey Arturo en una pintura de la época.

Rey Arturo: legendario monarca de Gran Bretaña (algunos pocos lo ubican en Francia), héroe máximo del ciclo denominado arturiano, cuya personalidad se encuentra fuertemente identificada con lo oculto, si se considera su misterioso origen, los subsiguientes hechos de su vida y la circunstancia de que su corte fue un centro de sucesos más o menos sobrenaturales. De acuerdo con la tradición, vivió en la primera mitad del siglo VI, siendo educado por el mago Merlín, uno de los más grandes nombres esotéricos de los tiempos primitivos, quien lo inició en la doctrina secreta y en los misterios de la magia natural y con cuya ayuda llegó a General. Coronado rey a los quince años, fundó la Orden de los Caballeros

Según la leyenda, el rey Arturo y su reina fueron enterrados en la Abadía de Glastonbury

de la Mesa Redonda. Tanto el mismo rey como la Orden que fundó se encuentran vinculados al misterio del Santo Grial.

Rollos del Mar Muerto: colección de aproximadamente 600 escritos en hebreo y arameo que fueron descubiertos a partir de 1947 en unas cuevas de la actual Jordania, en el extremo noroccidental del mar Muerto, en la región de Qirbet Qumran. Por eso, también se los conoce como manuscritos de Qumran. Forman parte de los evangelios apócrifos, o sea de aquellos que quedaron afuera del canon cristiano ortodoxo.

Rosa: la rosa es uno de los símbolos esótericos más importantes y también más complejos. Se trata de un signo ambivalente, ya que si bien, por un lado, la rosa blanca connota pureza, inocencia y virginidad, la roja alude a todo lo contrario: la pasión carnal y la fertilidad. Esta flor también representa el tiempo y la eternidad, la vida y la muerte. Es, asimismo, la imagen del misterio; el corazón de la rosa implica lo desconocido, en tanto que la flor entera indica plenitud. Para reflejar la vida, se troca en primavera, resurrección, amor y fecundidad. Si se trata de la muerte, simboliza lo efímero y el dolor. Por otro lado, rosas, vino, sensualidad y seducción formaron siempre una suerte de cuarteto inseparable. Las espinas, la vinculan al dolor, la sangre y el martirio. La rosa roja evocaba al rey, el sol, el oro y el fuego, al tiempo que la blanca representaba la reina, la luna, la plata, el agua. Rosas rojas y blanca unidas representan la muerte, pero en el sentido de integración final con el Uno en el que se funde el Yo individual para volver a vivir. La rosa dorada siempre simbolizó lo perfecto, mientras que la azul representó lo imposible. En alquimia, la rosa significa la sabiduría, y como símbolo esotérico es utilizado por Órdenes de esa índole a modo de emblema, como en el caso de los Rosacruces. En la tradición cristiana, la rosa roja puede sim-

Fragmento de los Rollos
del Mar Muerto

Cruz oficial de los rosacruces.

Rosacruces iluminados.

Rosacruces neófitos.

bolizar a la Virgen Madre o a la sangre derramada por Cristo en la Cruz. Tal como se plantea en *El código da Vinci*, esta flor también está relacionada con el pentáculo (estrella de cinco puntas), en tanto ambos son símbolos de la feminidad y la rosa de cinco pétalos es un símbolo del Priorato de Sión para representar el Santo Grial.

Rosacruces: durante el segundo decenio del siglo XVII apareció en Alemania una serie de extraños documentos por los que se dio a conocer la exitencia de una fraternidad secreta fundada en el siglo XV por un tal Cristian Rosenkreutz y cuyos seguidores formaban parte de una hermandad o cofradía secreta de iniciados místicos. El texto en cuestión se intitulaba *Las bodas químicas de Cristian Rosenkreutz* ("el cristiano cruz de rosas") y su autor fue Johann Valentin Andrea, Gran maestre del Priorato de Sión. Si bien la obra tenía evidentemente un sentido paródico y su objetivo era ridiculizar a los impostores que se hacían pasar por alquimistas, lo cierto es que estos escritos causaron sensación en toda Europa e importantes personajes del mundo ocultista procuraron entrar en contacto con "los rosacruces", para unirse a ellos,

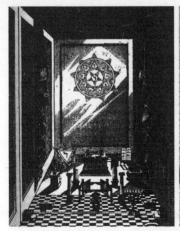 

(Derecha) Ceremonia masónica de la Cruz de la Rosa. (Izquierda) Símbolo de la Hermandad de la Cruz de la Rosa.

mientras que otros afirmaron que ya estaban en relación con aquellos misteriosos sabios. Desde esa época, la leyenda de los rosacruces ha seguido fascinando a los ocultistas de Occidente. En la actualidad, son numerosas las sociedadades que se dicen rosacruces o afirman poseer las doctrinas secretas de Cristian Rosenkreutz.

Santo Grial: objeto misterioso al que se le han atribuido múltiples materialidades y significados a lo largo de la historia: la copa en la que bebieron Jesús y sus discípulos en la última cena, copa en la que José de Arimatea recogió la sangre de Cristo, etcétera. *El código da Vinci* adhiere a la teoría de que el Santo Grial fue el receptáculo que recibió y contuvo la sangre (en el sentido de linaje) de Jesús, o sea, el

Caballero Templario junto al Santo Grial

vientre de María Magdalena y, por extensión, la propia Magdalena.

Secuencia de Fibonacci: progresión matemática en la que cada número se obtiene por la suma de los dos anteriores, creada por el matemático Leonardo Fibonacci en el siglo XIII. Ha sido vista como una suerte de metáfora de la condición humana, que ayudaba a obtener discernimientos más profundos sobre la naturaleza de la espiritualidad.

Shekinah: equivalente femenina de Dios que, según los primeros judíos, era albergada en el Templo de Salomón, junto a su contraparte masculino. En el gnosticismo, Shekinah es el alma en el exilio. Representa un doble misterio, ya que en el Antiguo Testamento es la nube resplandeciente mencionada por los textos rabínicos que permanecía sobre el Arca de la Alianza en el llamado Santa Santorum. También se la nombra en algunos diccionarios bíblicos como el "nombre de Dios", el velo de Dios que protege la humanidad frente a su terrible presencia, pero que también representa su compasión. Los cabalistas la personifican como una mujer: es la Sophía, la sabiduría de Dios, la novia en sombra de Dios o la piedra del exilio. Se trata de una figura que también es conocida en el Islam, especialmente dentro de la tradición esotérica de los sufíes, con el nombre de Sakina.

Representación del Sol Invictus.

Sol Invictus: culto que significa, literalmente, "Sol invencible". Se trataba de un rito de origen asirio que fue impuesto por los emperadores romanos a sus súbditos, un siglo antes de Constantino el Grande. Por su origen, contenía elementos del culto a Baal y Astarté, pero en su esencia, era básicamente de carácter monoteísta, en tanto proponía al sol como la suma de todos los atributos de todos los demás dioses. Asimismo, armonizaba con el culto a Mitras, que también era importante en la Roma del momento

Las cartas del tarot utilizadas por pitonisas y magos de todos los tiempos.

y que llevaba aparejada la adoración al astro rey.

Specula Vaticana: observatorio astronómico papal. Posee, además, una biblioteca especializada en el tema que se calcula en más de 25.000 volúmenes, entre los que se encuentran obras únicas de Newton, Kepler, Copérnico y Galileo.

Tarot: mazo que consta de 78 cartas. 56 de ellas son los denominados Arcanos menores, que se dividen en cuatro palos (espadas, bastos, copas y oros). Los dos primeros son del orden de lo masculino. Los bastos (además de su simbolismo fálico) representan la energía y la acción, mientras que las espadas (también fálicas) aluden a los poderes de la mente y las ideas. Oros y copas, además de vincularse a lo femenino desde la forma (los oros son redondos y las copas, recipientes a ser llenados) también lo hacen desde lo que representan: las copas aluden a la afectividad, el inconsciente y las emociones, mientras que el oro se refiere a la tierra. Las 22 barajas restantes son los Arcanos Mayores, y cada una de ellas representa una escena de búsqueda espiritual y, tal como lo plantea *El código da Vinci*, pueden leerse como una suerte de catecismo visual que explica la historia de la Doncella perdida y de su opresión por parte de la malvada Iglesia.

El simbolismo de los Arcanos Mayores:

El Mago: primera carta, simboliza la creatividad, la iniciativa y el principio de acción. Está ligada a la causa original y al origen de las cosas.

La Papisa o la Suma Sacerdotisa: baraja eminentemente ligada a los principios femeninos, refiere a la fecundidad, la realización, el equilibrio y la serenidad. También es símbolo del santuario, el conocimiento, la ley y la mujer.

La Emperatriz: se trata de otro arquetipo de lo femenino. Es signo del espíritu, la lucidez, la fecundidad y la generación del mundo. En ella se manifiesta la influencia femenina de la mujer amada, la esposa o la amiga.

El Emperador: primer arquetipo masculino, simboliza la ley, la fuerza, la estabilidad, la legalidad, el éxito y el poder.

El Sumo Sacerdote o el Papa: representa la voz de la consciencia, la autoridad moral y el respeto por las tradiciones.

La Justicia: representa el equilibrio, la equidad, la honestidad, la recompensa justa y el castigo merecido.

La Justicia.

El Ermitaño.

El (o los) Enamorados: alude a la unión, el encadenamiento, el equilibrio y la combinación. También simboliza la necesidad de amor y de elegir en libertad.

El Carro: habla de triunfo, independencia, voluntad y deseos claros.

El Ermitaño: arquetipo masculino símbolo de la sabiduría, el bien, la moralidad, el sentido del deber, la serenidad y la reflexión.

La Rueda de la Fortuna: el espíritu enfrentándose al destino, las inevitables transformaciones que se suceden a lo largo de la vida y el azar incidiendo en el destino humano.

La Fuerza: representa el espíritu eterno, capaz de vencer obstáculos y resistencias, el triunfo de la razón sobre el instinto o del hombre sobre la naturaleza, y la inteligencia que somete a la fuerza bruta.

El Colgado (o Ahorcado): simboliza el espíritu de renuncia y sacrificio, la iniciación mística pasiva, la abnegación, el desinterés por las cosas terrenales y el altruismo. También es signo de calvario, de castigo y de limitación temporal.

La Muerte: no refiere específicamente a su nombre, sino que alude a un cambio profundo que permite el renacimiento, a la destrucción y desolación luego de las cuales renace la vida. Es un símbolo de transformación radical que promete renacimiento; tiene una íntima relación con los temas alquímicos y esotéricos.

La Torre: signo de alteraciones y debilidades, representa al espíritu frente a la destrucción, la fuerza y la violencia, la pérdida de estabilidad, los cambios completos y repentinos, el desmoronamiento, la caída y el colapso.

La Estrella: es, ante todo, símbolo de la luminosidad que guía al ser humano perdido, pero también se la vincula a las facultades ocultas y las protecciones secretas. Representa el espíritu dotado de esperanza, la sensación de estar protegido por el universo, la confianza en los propios instintos y la paz espiritual.

La Luna: vinculada a la intuición, la imaginación, los sueños y la locura, es una carta que alude al desconcierto, los temores, los obstáculos, lo inconsciente y los recuerdos .

El Sol: representa los opuestos que se unen, la capacidad para percibir las cosas de manera simple, el ser interior que se libera de temores, la gloria, la espiritualidad y la iluminación, la satisfacción, la realización y el éxito.

La Rueda de la Fortuna.

La Templanza.

El Juicio: simboliza el momento de la verdad, el juicio definitivo en que cada uno asume sus propias responsabilidades. También habla de un vuelo hacia lo espiritual hecho con alegría y a plena consciencia.

El Mundo: se trata de una carta representada con una diosa, con todo lo que ello implica, que lleva en sus manos dos varitas para captar las energías del mundo. Habla de la realización, la victoria total, la plenitud, la felicidad y del espíritu que ha dejado atrás el mundo material.

El Loco: en líneas generales, simboliza los viajes, las nuevas experiencias, la espontaneidad, el entusiasmo y la aventura. Su costado negativo implica locura, irreflexión, extravagancia y falta de disciplina.

La Templanza: representa al espíritu dominándose y alude a la paciencia que es necesario tener para dar forma real a los sueños. Se trata de una carta que simboliza curación, regeneración, transformación, serenidad y espiritualidad.

El Diablo: simboliza "el juego del diablo" (situaciones en las que las ficción y la realidad se mezclan) y habla de encadenamientos, magia, elocuencia y misterio.

Walt Disney y el significado oculto de sus películas: según la atendible teoría de *El código da Vinci*, Walt Disney (célebre creador del Ratón Mickey) habría dedicado su existencia y, con ello, buena parte de su obra, a transmitir la historia del Santo Grial (tal como la entiende el Priorato de Sión) a través de mensajes ocultos y símbolos en sus películas de dibujos animados. La mayor parte de estos mensajes tomaba cuerpo en historias que giraban alrededor de la mitología pagana, la religión y la historia de lo que podríamos denominar "la diosa sometida". Tanto en *La bella durmiente*, como en *La cenicienta* y en *Blancanieves* se trata el tema de la encarcelación de la divinidad femenina. Además, uno de los nudos fundamentales en la historia de *Blancanieves* es la de una princesa que cae en desgracia por darle un bocado a una manzana, envenenada en su caso, circunstancia que puede leerse como una clara alusión a la caída de Eva en el Paraíso. Asimismo, la historia de la princesa Aurore en *La bella durmiente* puede leerse como la historia del Grial formulada para niños.

El Diablo.

Más allá del Código da Vinci,
De René Chandelle, fue
Impreso en Septiembre de 2004
en Editores Impresores Fernández
Ret. 7 de sur 20 #23 Col. Agrícola
Oriental, C.P. 08500, México D.F.